KB131052

일인칭 단수

ICHININSHO TANSU
by Haruki Murakami

이 도서의 국립중앙도서관 출판예정도서목록(CIP)은
서지정보유통지원시스템 홈페이지(http://seoji.nl.go.kr)와
국가자료종합목록 구축시스템(http://kolis-net.nl.go.kr)에서 이용하실 수 있습니다.
(CIP제어번호: CIP2020048807)

일인칭 단수

무라카미 하루키 소설

홍은주 옮김

문학동네

일러두기

1. 본문 중의 주석에서 '(원주)'로 표시된 것은 원서의 주이며, 그 외는 모두 옮긴이주입니다.
2. 방점은 원서의 표시에 따른 것입니다.

차례

돌베개에

지금부터 말하려는 건 한 여자에 대한 이야기다. 그러나 사실 나는 그녀에 대해 전혀 아는 것이 없다고 해도 좋을 정도다. 이름도 얼굴도 생각나지 않는다. 그쪽도 아마 내 이름이나 얼굴을 기억하지 못할 것이다.

그녀를 만났을 때 나는 대학교 2학년, 만 스무 살이 되기 전이었고, 그녀는 아마 이십대 중반쯤이었지 싶다. 우리는 같은 일터에서 같은 시기에 아르바이트를 했다. 그리고 어쩌다가 하룻밤을 함께하게 되었다. 그뒤로는 한 번도 만난 적이 없다.

열아홉 살 무렵의 나는 내 마음이 어떻게 움직이는지 거의 알지 못했고, 당연히 타인의 마음이 어떻게 움직이는지도 제대로 알지 못했다. 그래도 기쁨이나 슬픔이 뭔지는 대충 알고 있다고 내 딴은 생각했었다. 다만 기쁨과 슬픔 사이에 있는 수많은 현상을, 그것들의 위치관계를 아직 잘 분간하지 못했을 뿐이다. 그리고 그 사실은 종종 나를 몹시 불안하고 무력하게 만들었다.

그럼에도 굳이 그녀에 대해 이야기해보려고 한다.

그녀에 대해 내가 알고 있는 것—그녀는 단카短歌*를 지었고, 가집을 한 권 출간했었다. 말이 가집이지 인쇄한 종이를 연줄 비슷한 굵은 실로 엮어 간소한 표지를 붙인 것이 전부인 아주 심플한 소책자로, 자비출판이라고 하기도 민망한 정도였다. 그러나 그 안에 담긴 단카 가운데 몇 편은 신기할 만큼 내 마음 깊이 남았다. 그녀가 짓는 단카는 대부분 남녀의 사랑, 그리고 죽음에 대한 것이었다. 흡사 사랑과 죽음이 서로 떨어지거나 갈라서는 것을 결코 용납하지 않는 사이임을 알려주는 것처럼.

당신과/나는 먼/사이였던가?
목성에서 갈아타면/됐던가?

돌베개에/귀 갖다대니/들리는 것은
흘린 피의/소리 없음, 없음

---

* 일본 고유의 시가.

"있지, 절정일 때 어쩌면 다른 남자 이름을 부를지도 모르는데, 상관없어?"라고 그녀는 물었다. 우리는 알몸으로 이불 속에 있었다.

"별로 상관없는데요." 나는 말했다. 확신은 없었지만 그 정도는 아마 괜찮지 않을까. 요컨대 그저 이름일 뿐이다. 이름으로 무언가가 바뀌지는 않는다.

"소리를 크게 낼지도 모르는데."

"그건 좀 곤란할 것 같아요"라고 나는 황급히 말했다. 내가 살던 오래된 목조건물 벽은 어릴 적에 먹던 추억의 웨하스처럼 얄팍하고 물렀기 때문이다. 이미 꽤 늦은 시간이니 큰 소리를 내면 옆집에 고스란히 들리고 말 것이다.

"그럼, 그럴 땐 수건을 입에 물게." 그녀가 말했다.

나는 욕실에서 최대한 깨끗하고 쓸 만한 수건을 골라와 베갯머리에 놓았다.

"이거면 될까요?"

그녀는 마치 새 재갈을 시험하는 말처럼 수건을 몇 번 입에 물어보았다. 그러고는 고개를 끄덕였다. 이거면 됐다는 듯이.

그것은 정말이지 어쩌다 갖게 된 관계였다. 내가 딱히 그녀를 원하지도 않았고, 그녀도 딱히 나를 원하지 않았다(고 생각한다). 같은 일터에서 보름쯤 같이 일했지만 일의 내용이 달라서 제대로 대화를 나눌 기회는 거의 없었다. 그해 겨울, 요쓰야역 근처의 대중적인 이탈리안 레스토랑에서 나는 설거지나 주방 보조 같은 일을 했고, 그녀는 홀 서빙을 했다. 그곳 아르바이트생은 모두 학생이었고, 그녀만 학생이 아니었다. 아마 그래서였는지 그녀의 행동에서는 어딘가 초연한 분위기가 느껴졌다.

그녀가 12월 중순에 일을 그만두게 되어서, 하루는 영업이 끝나고 몇 명이서 근처 술집으로 술을 마시러 갔다. 나도 같이 가자기에 따라나섰다. 송별회라고 할 만큼 거창한 자리는 아니었다. 한 시간쯤 다 함께 생맥주를 마시고 간단한 안주를 먹으면서 이런저런 잡담을 주고받았을 뿐이다. 그녀가 이 레스토랑에서 일하기 전에는 작은 부동산 사무소와 서점에서 일했다는 사실을 그때 알았다. 어느 곳에서나 상사 혹은 사장과 관계가 원만하지 못했다고 그녀는 말했다. 여기선 그렇게 부딪치는 사람은 아무도 없었지만 월급이 너무 짜서 계속 버티기 어렵다. 내키지 않지만 어디 새로운 데를 찾아봐야 한다, 고.

어떤 일을 하고 싶은지 누군가 물었다.

"그냥 뭐든 상관없어." 그녀가 코 옆을 손끝으로 문지르면서 말했다(코 옆에 작은 사마귀 두 개가 별자리처럼 나란히 붙어 있었다). "어차피 별로 대단한 일거리도 없을 테고."

12

그 무렵 나는 아사가야에 살았고, 그녀의 집은 고가네이였다. 그래서 돌아가는 길에 요쓰야역에서 같이 주오선 쾌속전철을 타게 되었다. 빈자리에 나란히 앉았다. 이미 열한시가 지난 참이었다. 찬바람이 거세게 부는 쌀쌀한 밤이었다. 어느새 장갑과 목도리가 필요한 계절이 다시 돌아온 것이다. 아사가야역에 다 와서 내리려고 일어나는데 그녀가 고개를 들어 나를 보고는 "있지, 괜찮으면 오늘 너희 집에서 자도 될까?" 하고 작은 목소리로 말했다.

"괜찮긴 한데, 왜요?"

"고가네이까지 너무 멀어서." 그녀가 말했다.

"집도 좁고, 좀 어질러놨는데요." 내가 말했다.

"그런 건 하나도 상관없어." 그녀가 말했다. 그러고는 내 코트 소매를 붙잡았다.

그녀는 좁고 볼품없는 내 자췻집으로 따라왔고, 둘이서 캔맥주를 마셨다. 천천히 맥주를 다 마시고 나자 그녀는 당연하다는 듯 내 눈앞에서 옷을 훌훌 벗고 눈 깜짝할 새 알몸이 되어 이불 속으로 들어갔다. 이어서 나도 똑같이 옷을 벗고 이불 속으로 들어갔다. 불을 껐지만 가스스토브 빛 때문에 방안이 밝았다. 우리는 이불 속에서, 어색하게 몸을 맞대고 서로 덥혀주었다. 한동안 둘 다 입을 열지 않았다. 갑자기 알몸이 되고 나니 무슨 이야기를 해야 할지 막막했다. 그래도 몸이 점점 따뜻해지면서 긴장이

풀리는 것이 말 그대로 피부로 느껴졌다. 신기한 친밀감이었다.

"있지, 절정일 때 어쩌면 다른 남자 이름을 부를지도 모르는데, 상관없어?"라고 그녀가 물어본 것은 그때였다.

"그 사람 좋아해요?" 수건을 건넨 뒤에 나는 그렇게 물었다.

"응, 엄청." 그녀가 말했다. "굉장히, 굉장히 좋아해. 머릿속에서 떠나질 않아. 하지만 그 사람은 나를 그렇게까지 좋아하는 건 아니야. 아니, 사실은 따로 여자친구가 있어."

"그런데 사귀어요?"

"응. 그 사람은, 내 몸이 갖고 싶어지면 나를 불러내." 그녀가 말했다. "전화로 배달시키는 것처럼."

무슨 말을 해야 할지 몰라서 나는 잠자코 있었다. 그녀는 한동안 손끝으로 내 등에 무슨 도형 비슷한 것을 그렸다. 어쩌면 흘려쓴 글씨였는지도 모른다.

"그 사람 말이, 난 얼굴은 볼 게 없어도 몸은 최고래."

특별히 볼 게 없는 얼굴이라고는 생각하지 않았지만, 미인이라고 하기에는 조금 무리가 따랐을지도 모른다. 구체적으로 어떻게 생겼었는지 지금은 전혀 생각나지 않아서 자세히 묘사할 순 없지만.

"그래도 부르면 가네요?"

"좋아하니까, 하는 수 없잖아." 그녀가 예사롭게 말했다. "누가 뭐라건, 가끔은 남자한테 안기고 싶어지니까."

나는 그 말을 잠시 곱씹어보았다. 하지만 '가끔은 남자한테 안기고 싶어진다'는 것이 여자 입장에서 구체적으로 어떤 심리상태를 뜻하는지, 당시의 나는 쉽게 상상할 수 없었다(사실 지금도 그렇게 잘 안다고 할 수 없지만).

"사람을 좋아한다는 건 보험 적용이 안 되는 정신질환이랑 비슷해." 그녀가 말했다. 벽에 적힌 글자를 낭독하듯이 담담한 목소리로.

"그렇구나." 내가 감탄해서 말했다.

"그러니까 너도 나를 다른 사람으로 생각해도 돼." 그녀가 말했다. "누구 좋아하는 사람 있을 거 아냐?"

"있어요."

"그럼 너도 절정일 때 그 사람 이름을 불러도 상관없어. 나도 그런 거 신경 안 쓰거든."

하지만 나는 그 여자—좋아하지만 사정상 깊은 관계로 발전하지 못하고 있는 상대가 당시 나에게도 있었다—의 이름을 부르지는 않았다. 불러볼까도 생각했지만, 도중에 왠지 바보같이 느껴져서 그냥 아무 말 없이 그녀의 몸속에 사정했다. 그녀가 정말로 큰 소리로 남자 이름을 부르려 해서 서둘러 이 사이로 수건을 세게 밀어넣어야 했다. 무척 튼튼해 보이는 치아였다. 치과의

사가 보면 무심결에 감동해버릴 만큼. 그때 그녀가 어떤 이름을 불렀는지는 기억나지 않는다. 별로 인상적이지 않은, 흔한 이름이었다는 기억만 있다. 저렇게 평범한 이름도 이 사람에게는 큰 의미가 있구나 하고 감탄했던 기억도. 때로는 이름 몇 글자가 사람의 마음을 크게 뒤흔들어버리기도 한다.

이튿날 아침 일찍 수업이 있었고 더욱이 중간고사 대체로 중요한 리포트를 제출해야 했는데, 당연히 고스란히 건너뛰어버렸다(덕분에 나중에 가서 이런저런 곤욕을 치렀지만, 그건 또다른 이야기다). 우리는 점심때가 다 되어서야 일어나, 물을 끓여 인스턴트커피를 마시고 토스트를 구워 먹었다. 냉장고에 달걀 몇 개가 남아 있길래 그것도 삶아서 먹었다. 맑은 하늘에 구름 한 점 없고, 아침햇살이 몹시 눈부시고 나른했다.

그녀가 버터 바른 토스트를 베어먹으면서 대학교에서 뭘 전공하느냐고 물었다. 나는 문학부라고 말했다.

소설가가 되고 싶으냐고 그녀가 물었다.

딱히 그럴 생각은 없다고, 솔직하게 대답했다. 당시 나는 소설가가 되겠다는 생각 같은 건 전혀 하지 않았다. 상상해본 적도 없었다(동기들 중에는 작가 지망생이라고 공언하고 다니는 애들이 넘쳐났지만). 그렇게 대답하자 그녀는 내게 흥미를 잃은 눈치였다. 원래도 큰 흥미는 없었을 테지만, 그래도.

한낮의 밝은 빛 아래 그녀의 잇자국이 선명한 수건을 보니 왠지 신기했다. 어지간히 세게 물었던 모양이다. 햇빛 속에서 보는 그녀의 모습도 매우 어색한 느낌이었다. 내 눈앞의 혈색이 썩 좋지 않은 마르고 작은 여자가, 창문으로 흘러드는 겨울 달빛 속에서 내 팔에 안겨 적나라한 환희의 소리를 내던 그 사람이라고는 도무지 생각되지 않았다.

"난 단카를 지어." 그녀가 뜬금없다 싶을 만큼 갑자기 말했다.

"단카?"

"단카, 알지?"

"물론 알죠." 아무리 세상 물정 모른다지만 단카가 어떤 건지 정도는 안다. "그런데 실제로 단카를 짓는다는 사람을 만난 건 처음인 것 같은데요."

그녀는 재미있다는 듯 웃었다. "그래도, 세상에는 그런 사람이 다 있거든."

"동아리 활동 같은 거예요?"

"아니, 그런 게 아니라." 그녀가 말했다. 그러고는 어깨를 조금 움츠렸다. "단카 같은 건 혼자서 지을 수 있잖아. 안 그래? 농구를 하는 것도 아니고."

"어떤 단카예요?"

"듣고 싶어?"

나는 고개를 끄덕였다.

"정말? 괜히 하는 말이 아니라?"

"정말요." 내가 말했다.

거짓말은 아니었다. 불과 몇 시간 전, 내 품에서 헐떡이며 큰 소리로 다른 남자 이름을 불렀던 사람이 대체 어떤 단카를 짓는지, 제법 진지하게 궁금했다.

그녀는 잠시 망설이다가 말했다. "지금 여기서 소리내어 읊는 건 아무래도 좀 창피하네. 시간도 너무 이르고. 하지만 가집 비슷한 걸 한 권 냈으니까, 정말로 읽어보고 싶다면 나중에 보내줄게. 네 이름이랑 이 집 주소를 알려줄래?"

메모지에 이름과 주소를 적어 건네자 그녀는 물끄러미 바라보고는 두 번 접어 오버코트 주머니에 넣었다. 연초록색에 꽤 낡은 코트였다. 둥근 목깃에 은색 은방울꽃 모양 브로치가 달려 있었다. 그것이 남향 창문으로 흘러든 햇빛에 반짝였던 것을 기억한다. 나는 꽃에 대해서는 전혀 모르지만, 은방울꽃은 이상하게 옛날부터 좋아했다.

"재워줘서 고마워. 고가네이까지 혼자 전철 타고 가기 싫었거든, 정말로." 그녀가 집을 나서면서 말했다. "여자들은 가끔 그럴 때가 있어."

우리는 그때 이미 알고 있었다. 서로 얼굴을 볼 일은 두 번 다시 없으리란 걸. 그녀는 그날 밤, 그저 고가네이까지 혼자 전철을 타고 가기 싫었다―단지 그뿐이었다.

일주일 후 그녀의 '가집'이 우편으로 도착했다. 솔직히 그게 정말로 내 손에 들어오리라는 기대는 거의 하지 않았다. 나와 헤어져 고가네이 집으로 돌아갔을 즈음에는 내 존재 따윈 말끔히 잊고(혹은 최대한 빨리 잊기로 마음먹고), 가집을 봉투에 넣어 내 이름과 주소를 적고 우표까지 붙여서 우체통을 찾아 넣는―어쩌면 우체국까지 갔을지도 모른다―수고를 할 리 없을 거라 짐작했다. 그래서 어느 날 아침, 집 우편함에 꽂혀 있는 봉투를 보고 적잖이 놀랐다.

가집 제목은 '돌베개에', 지은이 이름은 그냥 '지호'라고 되어 있었다. 본명인지 필명인지, 그것도 확실하지 않다. 아르바이트하면서 분명히 이름을 몇 번 들어봤을 텐데 아무리 생각해도 떠오르지 않았다. 그래도 '지호'가 아니었던 것만은 분명하다. 사무용으로 보이는 봉투에는 보내는이 주소도 이름도 적혀 있지 않고, 동봉한 편지나 카드도 없었다. 굵은 흰색 실로 엮은 얇은 가집 한 권이 말없이 들어 있을 뿐이었다. 그래도 등사판 같은 것이 아니라 깔끔하게 활판인쇄를 했고, 종이도 도톰하고 질이 좋았다. 아마 지은이가 직접 종이를 순서대로 포개고 두꺼운 표지를 얹어 한 권 한 권 정성껏 실로 엮어서 책의 형태로 만들었을 것이다. 제본 비용을 절약하기 위해. 그녀가 혼자서 묵묵히 가내수공업처럼 작업하는 광경을 나는 상상해보았다(잘되지 않았지만). 첫 장에는 넘버링 스탬프로 28이라고 찍혀 있었다. 한정판 중 스물여덟 권째라는 말이리라. 다 해서 과연 몇 권이나 만들었을까? 가격은 어디에도 적혀 있지 않았다. 원래부터 없었는지도 모른다.

　나는 그 가집을 곧바로 펼쳐보지는 않았다. 한동안 책상 위에 놔두고, 오며 가며 잠깐씩 표지를 바라보았다. 관심이 없었던 것이 아니라, 누군가가 지은 가집을 읽기에는—특히 그 사람이 일주일 전쯤 몸을 섞은 상대일 때는—나름대로 마음의 준비 같은 것이 필요한 법이라고 느꼈기 때문이다. 일종의 예의라고 할 수도 있다. 마침내 가집을 펼친 것은 그 주 주말 해질녘이었다. 창가 벽에 기대어, 겨울의 석양빛 속에서 그 책을 읽었다. 가집에는 전부 마흔두 수의 단카가 실려 있었다. 한 쪽에 하나. 결코 많은 편수는 아니다. 시작하는 말이나 맺음말 같은 건 없고, 출판일도 없다. 그저 하얀 종이 위에, 여백을 충분히 두고, 수수한 검은색 활자로 인쇄된 단카가 줄지어 있을 뿐이다.

　물론 훌륭한 문학작품을 기대하지는 않았다. 앞에서도 말했듯이 그저 조금 개인적인 흥미가 있었을 뿐이다. 내 귓가에, 수건을 문 채 어느 남자의 이름을 외치던 사람이 과연 어떤 단카를 지었을지. 하지만 가집을 읽는 사이 나는 스스로 그중 몇 편에 마음이 끌리고 있음을 깨달았다.

나는 단카에 대해 거의 문외한이었다(지금도 마찬가지로 문외한이지만). 그러니까 어떤 작품이 훌륭한 단카이고 어떤 것이 그다지 훌륭하지 않은지 객관적 판단을 내리지는 못한다. 하지만 훌륭하고 아니고 하는 기준과 상관없이, 그녀가 지은 단카 몇 편은―구체적으로 말하면 여덟 수 정도―내 마음속 깊숙이 와닿는 어떤 요소를 지니고 있었다.

이를테면 이런 단카가 있었다.

지금이란 때/때가 지금이라면/이 지금을
꿈쩍없는/지금으로 만들 수밖에

산바람에/목 베이니/말없이
수국 뿌리에/유월의 물

신기하게도 가집을 펼치고 큼직한 검은 활자로 인쇄된 그 노래들을 눈으로 좇거나 소리내어 읽노라면, 그날 밤 보았던 그녀의 몸이 고스란히 뇌리에 떠올랐다. 그것은 이튿날 아침 햇빛 아래서 본, 딱히 인상적이지 않은 그녀의 겉모습이 아니라, 달빛을 받으며 내 팔에 안긴, 매끄러운 피부에 감싸인 그녀의 몸이었다. 보기 좋게 동그란 젖가슴, 작고 단단한 유두, 성긴 검은색 음모, 흠뻑 젖은 성기. 오르가슴에 다다르자 그녀는 수건을 꽉 문 채 눈을 감고 내 귓가에 다른 남자의 이름을, 몇 번이고 몇 번이고 안타깝게 불렀다. 이제는 기억도 나지 않는 어느 남자의 몹시 평범한 이름을.

두 번 다시는/만날 일 없네/생각하면서도
못 만날 리/없다고 생각하는

만나려나/그저 이대로/끝나려나
빛에 끌리고/그림자에 밟혀

그녀가 지금도 여전히 단카를 짓고 있는지, 물론 나는 모른다. 앞에서 말했듯이 그녀의 이름도 모르고 얼굴 역시 거의 기억나지 않는다. 내가 기억하는 것은 책표지에 적힌 '지호'라는 이름과, 창으로 흘러드는 창백한 겨울 달빛에 매끈하게 빛나던 무방비 상태의 부드러운 육체, 그리고 코 옆에 별자리처럼 나란히 자리잡은 두 개의 작은 사마귀뿐이다.

어쩌면 그녀가 이미 세상에 없을지 모른다는 생각이 든다. 어느 지점에선가 스스로 목숨을 끊어버렸을 것 같은 기분을 떨칠 수 없다. 그녀가 지은 많은 노래가—적어도 가집에 수록된 것 중 상당수가—의심의 여지 없이 죽음의 이미지를 좇아가고 있었기 때문이다. 그것도, 이유는 모르겠지만, 날붙이에 목이 베이는 죽음을. 그것이 그녀가 생각하는 진정한 죽음이었는지도 모른다.

오후 내/쏟아지는/빗줄기에 섞여
이름도 없는 도끼가/황혼의 목을 베다

하지만 어쨌거나 나는, 그녀가 아직 이 세상 어딘가에 있기를 마음 한구석에서 빌고 있다. 살아남아서 지금도 계속 단카를 지으면 좋겠다고 문득문득 생각한다. 어째서일까? 어째서 굳이 그런 생각을 할까? 이 세상에 나의 존재와 그녀의 존재를 연결해주는 요소라고는 사실상 아무것도 없는데. 가령 길을 걷다 스친다 해도, 혹은 식당 옆자리에 앉는다 해도 서로 얼굴을 알아볼 가능성은 (아마도) 전혀 없을 텐데. 우리는 교차하는 두 줄의 직선처럼, 한 지점에서 잠깐 만났다가 그대로 멀어진 것이다.

그후로 긴 세월이 흘러버렸다. 매우 신기하게도(어쩌면 그렇게 신기한 일이 아닐지도 모르지만) 사람은 눈 깜짝할 사이 늙어 버린다. 우리의 육체는 돌이킬 수 없이 시시각각 소멸을 향해 나아간다. 잠깐 눈을 감았다가 떠보면 많은 것이 이미 사라져버렸음을 깨닫는다. 강한 밤바람에 휩쓸려, 그것들은―확실한 이름이 있는 것이나 그렇지 않은 것이나―흔적 하나 남기지 않고 어딘가로 날아가버렸다. 뒤에 남는 것은 사소한 기억뿐이다. 아니, 기억조차 그다지 믿을 만한 것이 못 된다. 우리 몸에 그때 정말로 무슨 일이 일어났는지, 그런 것을 누가 명확히 단언할 수 있으랴?

그래도 만약 행운이 따라준다면 말이지만, 때로는 약간의 말語이 우리 곁에 남는다. 그것들은 밤이 이슥할 때 언덕 위로 올라가서, 몸에 꼭 들어맞게 판 작은 구덩이에 숨어들어, 기척을 죽이고, 세차게 휘몰아치는 시간의 바람이 무사히 지나가기를 기다린다. 이윽고 동이 트고 거센 바람이 잦아들면, 살아남은 말들은 땅 위로 남몰래 얼굴을 내민다. 그들은 대개 목소리가 작고 낯을 가리며, 다의적인 표현 수단밖에 갖지 못할 때가 많다. 그럼에도 그들은 증인석에 설 준비가 되어 있다. 정직하고 공정한 증인으로서. 그러나 그렇게 인내심 강한 말들을 갖춰서, 혹은 찾아내서 훗날에 남기기 위해 사람은 때로 스스로의 몸을, 스스로의 마음을 조건 없이 내놓아야 한다. 그렇다, 우리의 목을, 겨울 달빛이 내리비치는 차가운 돌베개에 올려놓아야 하는 것이다.

어쩌면 나 외에 그녀가 지은 노래를 기억하는 사람, 더욱이 그중 몇 편을 암송할 수 있는 사람은 이 세상 어디에도 없을지 모른다. 굵은 실로 엮은 얇은 자비출판 가집은 이제 모든 이에게서 잊히고, 이 '28번' 말고는 한 권도 남김없이 흩어져, 목성과 토성 사이 어딘가에 있는 무명의 어둠에 빨려들어가 사라져버렸는지도 모른다. 어쩌면 그녀 자신조차 (설령 아직 무사히 살아 있다 해도) 젊은 시절 지은 단카 같은 건 변변하게 떠올리지 못할지도 모른다. 내가 이렇듯 그녀의 노래를 지금까지 기억하는 것은, 그녀가 그날 밤 물고 있던 수건에 남은 잇자국의 기억과 이어져 있어서, 그저 그래서일지도 모른다. 그리고 그런 기억을 언제까지고 간직하고 있는 것에, 빛바랜 가집을 때때로 서랍에서 꺼내 읽어보는 것에 과연 어떤 의미나 가치가 있는지는 나도 알지 못한다. 솔직히 말해, 정말로 잘 모르겠다.

하지만 아무튼 그것은 훗날에 남았다. 다른 말과 생각은 전부 먼지가 되어 사라져버렸다.

벤다/베인다/돌베개
목덜미 갖다대니/보아라, 먼지가 되었다

크림

열여덟 살 때 겪은 기묘한 일을, 나는 아는 동생에게 이야기
해주고 있다. 왜 이런 이야기를 하게 됐는지 경위는 잘 생각나지
않는다. 어쩌다보니 우연히 이야기가 나왔다. 아무튼 내가 열여
덟 살이었던 시절은 아득한 옛날이다. 거의 고대사라고 할 수 있
다. 게다가 이 이야기에는 결론이 없다.

"고등학교는 이미 졸업한 상태였어. 대학은 가지 않았고. 말하
자면 재수생 신분이지." 나는 일단 그렇게 설명한다. "불안정한
심정이었지만, 그렇게 곤란한 상태라고는 할 수 없었어. 마음만
먹으면 어지간한 사립대학은 간단히 들어갈 수 있었거든. 하지
만 부모님이 국립대학을 고집하셔서, 힘들겠는데 싶으면서도 시
험을 봤고, 예상대로 떨어졌지. 당시 국립대학 입시에는 수학이

필수였는데, 난 미적분 계산에 눈곱만큼도 흥미가 없었거든. 그래서 거의 형식적으로 일 년간 어영부영 시간을 죽이고 있었어. 재수학원도 안 다니고, 도서관에 드나들면서 두꺼운 소설책만 실컷 읽었지. 부모님은 내가 도서관에서 열심히 수험 공부 하는 줄 아셨을 거야. 그래도 어쩌겠어. 미적분 계산의 원리를 파고드는 것보다, 발자크 전집을 독파하는 쪽이 훨씬 즐거운데."

　그해 10월 초, 나는 한 여자애에게서 피아노 연주회 초대장을 받았다. 그녀는 나보다 한 학년 아래고 같은 선생님에게 피아노를 배웠다. 딱 한 번, 모차르트의 네 손을 위한 소품을 연탄으로 연주한 적이 있다. 하지만 내가 열여섯 살 때 피아노 학원을 그만둔 뒤로 만난 적이 없었다. 지금 와서 왜 갑자기 그런 모임에 초대하는지, 이유를 알 수 없었다. 나한테 관심이 있는 걸까? 설마. 그녀는 내 취향의 얼굴이 아니었을지언정 이른바 미인형이었고, 늘 세련되고 질 좋은 옷을 입었으며, 학비가 비싼 사립여학교에 다니고 있었다. 어디로 보나 나처럼 존재감 없고 평범한 남자애에게 관심을 가지거나 호감을 품을 타입은 아니다.

　연탄 연주에서 그녀는 내가 실수할 때마다 번번이 얼굴을 찌푸렸다. 그녀의 피아노 실력이 나보다 좋았던데다가, 나는 긴장을 잘하는 편이라 누군가와 나란히 연주할 때는 곧잘 실수를 했다. 팔꿈치가 부딪칠 때도 종종 있었다. 그렇게 어려운 곡도 아니었고 더욱이 나는 쉬운 파트를 맡고 있었는데, 그랬는데도. 그때마다 그녀는 '아, 뭐야' 하는 표정을 슬쩍 내비쳤다. 작게—하지만 똑똑히 들리도록—혀를 차기도 했다. 그 소리를 지금도 떠올릴 수 있다. 내가 슬슬 피아노를 그만둬야겠다고 결심한 데는 그 소리 탓도 있었는지 모른다.

어쨌거나 나와 그녀는 우연히 같은 피아노 학원에 다닌 사이일 뿐이었다. 학원에서 마주치면 인사를 하긴 했지만, 친밀하게 개인적인 이야기를 나눈 기억은 없다. 그러므로 그녀에게서 갑자기 날아온 연주회(독주회가 아니라 세 명이 합동으로 여는 리사이틀이었지만) 초대장은 내게는 의외라고 할까, 당황스러운 사건이었다. 어쨌거나 그해 나는 시간 하나는 남아도는 몸이었기에, 일단 회신용 엽서에 참석하겠다고 표시해서 보내두었다. 그녀가 왜 이제 와서 갑자기 자기 피아노 리사이틀에 나를 초대했는지, 그 영문을—만약 영문 같은 것이 있다면—알고 싶었던 것도 이유 중 하나였다. 그뒤로 피아노 실력이 일취월장했고, 그것을 내게 보여주고 싶은지도 모른다. 아니면 나에게 뭔가 개인적으로 전하고 싶은 일이 있는지도. 요컨대 나는, 호기심이라는 것을 어떻게 다뤄야 할지 여기저기 머리를 부딪쳐가며 학습하는 과정에 있었던 셈이다.

공연장은 고베의 산 위에 있었다. 한큐전철 **역에서 내려, 버스를 타고 구불구불 가파른 언덕을 올라간다. 산꼭대기 근처 버스정류장에서 조금 걸어가면 한 대기업이 소유해 운영하는 작은 콘서트홀이 있고, 거기서 리사이틀이 열린다는 것이었다. 이렇게 다니기 불편한 산 위에—조용한 고급주택가다—콘서트홀이 있다니 처음 듣는 얘기였지만, 물론 세상에는 내가 모르는 일이 많다.

초대받았는데 빈손으로 가는 것도 예의가 아닐 듯해서 역 앞 꽃집에서 적당한 꽃을 골라 다발을 만들고 때맞춰 도착한 버스에 올라탔다. 쌀쌀하고 흐린 일요일 오후였다. 하늘이 두꺼운 잿빛 구름으로 뒤덮여 당장이라도 찬비가 쏟아질 것 같았다. 바람은 없다. 나는 얇은 무지 스웨터 위에 청회색 헤링본 재킷을 입고 캔버스 숄더백을 비스듬히 메고 있었다. 재킷은 너무 새것이고 가방은 너무 오래된 것이었다. 그리고 한 손에는 셀로판지에 싸인 화려한 빨간 꽃다발을 들고 있었다. 그런 차림으로 버스에 앉아 있자니 주위 승객들이 힐끔힐끔 내 쪽을 쳐다봤다. 혹은 쳐다보는 느낌이 들었다. 얼굴이 빨개지는 것이 느껴졌다. 그 무렵 나는 무슨 일만 있으면 곧바로 얼굴이 빨개지곤 했다. 그리고 한번 그러고 나면 붉은 기가 쉽사리 가시지 않았다.

나는 어쩌다 이런 곳에 와 있는가? 좌석에 앉아 어깨를 웅크리고 달아오른 뺨을 손바닥으로 식히면서 자문했다. 특별히 보고 싶지도 않은 여자애의, 특별히 듣고 싶지도 않은 피아노 리사이틀을 위해, 용돈을 털어 꽃다발까지 사서, 당장이라도 비가 쏟아질 것 같은 11월의 일요일 오후에 이런 산꼭대기까지 제 발로 찾아오다니. 참석 의사를 밝히는 엽서를 우체통에 넣었을 때부터 머리가 어떻게 됐던 게 틀림없다.

산을 올라갈수록 승객은 하나둘 줄어들고, 내려야 할 정류장에 도착했을 때 차 안에 남은 건 나와 운전기사 둘뿐이었다. 버스에서 내려 엽서에 적힌 대로 길게 이어진 완만한 언덕길을 걸어올라갔다. 모퉁이를 돌 때마다 항구의 풍경이 보였다 말았다 했다. 항구에는 수많은 크레인이 보였다. 날이 흐린 탓에 바다는 납을 채워넣은 듯 탁하게 물들어 있었고, 허공으로 울퉁불퉁 내뻗은 크레인은 바다 밑에서 기어나온 흉측한 생물의 더듬이처럼 보였다.

언덕을 올라갈수록 주위 집들이 점점 커지고 호화로워졌다. 어느 집이나 멋들어진 돌담이 받치고 있고, 커다란 대문과 자동차 두 대가 들어가는 차고가 딸려 있었다. 철쭉 화단이 무척 아름답게 가꾸어져 있었다. 어디 가까운 데서 대형견이 짖는 소리가 들렸다. 개는 세 차례 힘차게 짖고는 누군가에게 엄한 주의를 받기라도 한 것처럼 대번에 침묵했다.

초대장에 적힌 번지수와 약도에 의지해 언덕을 올라갔지만, 걸을수록 불길한 예감이 막연히 내 안에서 부풀어갔다. 뭔가 이상하다―우선 지나다니는 사람이 너무 없다. 버스에서 내려 걷기 시작한 뒤로 한 명도 마주치지 못했다. 차 두 대가 지나가긴 했지만, 전부 위에서 내려오는 승용차였다. 만일 근처에서 리사이틀 같은 것이 열린다면 왕래하는 사람들이 좀더 보일 법한데. 그런데 주위에 인기척이라고는 없고, 모든 것이 깊은 정적에 싸여 있다. 마치 머리 위의 두꺼운 구름이 소음을 고스란히 빨아들여버린 것처럼.

뭔가 착각한 걸까?

재킷 주머니에서 초대장을 꺼내 장소와 날짜를 다시 한번 확인해보았다. 얼결에 잘못 읽어버렸을지도 모른다. 하지만 아무리 주의깊게 들여다봐도 틀린 곳은 없었다. 거리명도 맞고, 버스 정류장명도 맞고, 날짜도 맞다. 나는 심호흡을 한 번 하며 마음을 가라앉히고, 다시 걷기 시작했다. 어쨌거나 콘서트홀까지는 가보는 수밖에 없다.

이윽고 찾던 건물에 도착했을 때, 내가 깨달은 것은 커다란 쌍여닫이 철문이 굳게 닫혀 있다는 사실이었다. 철문에 굵은 쇠사슬이 친친 감겨 있고 거대한 자물쇠까지 채워져 있었다. 주위에 인기척은 없다. 문틈으로 꽤 넓은 주차장이 보였지만, 차는 한 대도 서 있지 않았다. 포석 사이로 녹색 잡초가 얼굴을 내민 걸 보니 벌써 오랫동안 주차장으로 쓰이지 않은 것 같았다. 그러나 문에 걸린 커다란 문패는 이 건물이 틀림없이 내가 찾던 콘서트 홀임을 알려주고 있었다.

문에 달린 인터폰 버튼을 눌러봤지만 아무도 나오지 않았다. 간격을 두고 다시 한번 눌러봤지만, 역시 답이 없다. 손목시계 를 확인했다. 벌써 리사이틀 시간 십오 분 전이다. 하지만 문이 열릴 기미는 보이지 않는다. 철문은 군데군데 도료가 벗겨져 녹 슬기 시작하는 것 같았다. 달리 할일도 떠오르지 않아서 혹시나 하고 한번 더, 아까보다 길게 버튼을 눌러봤지만 반응은 똑같았 다―깊은 침묵.

어떻게 해야 할지 몰라 육중한 철문에 기대어 십 분쯤 기다렸 다. 그사이 누군가 모습을 드러낼지도 모른다는 옅은 기대를 품 고서. 하지만 아무도 나타나지 않았다. 문 안쪽에도, 바깥쪽에 도, 움직임이라 할 만한 것은 보이지 않았다. 바람도 없고, 새도 울지 않고, 개도 짖지 않는다. 하늘은 여전히 잿빛 구름으로 빈 틈없이 뒤덮여 있었다.

이윽고 나는 단념하고(그 외에 대체 뭘 할 수 있었을까?) 무거 운 발걸음으로 왔던 길을 돌아가기 시작했다. 좀전에 내렸던 버스정류장을 향해. 뭐가 어떻게 된 건지 도무지 영문을 알 수 없었지만, 오늘 여기서 피아노 리사이틀 같은 것이 열릴 성싶지 않다는 사실만은 명백했다. 빨간 꽃다발을 들고 이대로 집으로 돌아가는 수밖에 없다. 분명히 엄마가 "그 꽃다발은 대체 뭐니?"라고 물어볼 테지만, 대충 둘러대는 수밖에 없다. 가능하면 역 휴지통에 처박아버리고 싶었지만 단번에 버려버리기에는—물론 내 기준에 그랬다는 말이지만—적지 않은 출혈이었다.

언덕길을 조금 내려가니 산 쪽 도로변에 아담한 공원이 있었다. 면적은 대략 단독주택 한 채쯤 될까. 안쪽은 완만한 절벽으로 가로막혀 있다. 공원이라지만 식수대도 없고 놀이기구가 놓여 있지도 않다. 한가운데 지붕이 달린 작은 정자 한 채가 덩그러니 서 있을 뿐이다. 비스듬한 격자 벽에 담쟁이덩굴이 소심하게 얽혀 있다. 주변에 관목이 있고 지면에는 네모난 평석이 깔려 있다. 무슨 목적으로 만들어졌는지 몰라도 누군가가 정기적으로 손질하는지 수목과 화단은 잘 가꾸어졌고, 잡초 한 포기 없으며, 근처에 쓰레기 하나 보이지 않았다. 언덕길을 올라올 때는 이런 공원이 있는 줄도 모르고 지나쳐버렸지만.

마음을 정리할 생각으로 공원에 들어가 정자 벽에 달린 벤치에 앉았다. 좀더 상황을 지켜보고 싶기도 했지만(사람들이 갑자

36

기 나타나기 시작할지도 모른다), 일단 앉고 나자 내가 몹시 피곤하다는 사실을 깨달았다. 한참 전부터 피로가 쌓여 있었는데 모르고 살다가 지금 겨우 알아차린 듯한, 좀 이상한 피곤함이었다. 정자 입구 쪽에서는 항구가 한눈에 내려다보였다. 돌제에는 거대한 컨테이너선이 여러 척 정박해 있었다. 산 위에서 내려다보니 부두에 쌓인 네모난 금속 컨테이너가 꼭 책상 위 동전이며 클립 따위를 넣어두는 작은 정리함 같았다.

이윽고 멀리서부터 사람 목소리가 들려왔다. 육성이 아니라 확성기에서 나오는 소리다. 내용까지는 알아듣지 못했지만, 그 사람은 문장을 하나하나 명료하게 끊으며 정중하게, 감정을 일절 담지 않은 채 말하고 있었다. 대단히 중요한 어떤 일을 최대한 객관적으로 전하려는 듯이. 어쩌면 나를(나만을) 향한 개인적인 메시지일지도 모른다는 생각이 문득 들었다. 내가 무엇을 착각했는지, 무엇을 못 보고 지나쳤는지, 누군가 여기까지 알려주러 왔다고. 상식적으로 생각하면 있을 수 없는 일이지만 그때는 왠지 그런 생각이 들었다. 나는 귀를 기울였다. 목소리가 점점 커지고 알아듣기 쉬워졌다. 아마도 자동차 지붕에 확성기를 얹고 언덕길을 천천히 올라오는 모양이다(서두르는 기색은 전혀 없었다). 이윽고 그것이 기독교 선교 차량이라는 사실을 알았다.

"사람은 누구나 죽습니다." 그 사람은 냉정한, 다소 단조로운 목소리로 말했다. "모든 사람은 언젠가 죽음을 맞습니다. 이 세상에 죽지 않는 자는 한 사람도 없습니다. 또한 사후의 심판을 피할 자도 없습니다. 모든 사람은 죽은 뒤 자신의 죄를 엄히 심판받습니다."

벤치에 앉은 채 나는 그 메시지에 귀기울였다. 그리고 왜 이렇게 인적 없는 산 위의 주택가에서 선교 활동을 하는 건지 의문을 가졌다. 이 일대에 사는 건 자동차를 몇 대씩 소유한 유복한 사람들뿐이다. 아마도 그들 대부분은 죄에서 구원받기를 원하진 않을 것이다. 아니, 꼭 그렇지만도 않은가? 수입이며 지위는 죄와 구원과는 관계없는지도 모른다.

"그러나 예수그리스도께 구원을 청하고, 스스로 저지른 죄를 회개하는 사람은, 주님께 용서를 받습니다. 지옥 불을 면할 수 있습니다. 그러니 주님을 믿으십시오. 주님을 믿는 자만이 사후에 구원을 얻습니다. 그리고 영생을 얻을 수 있습니다."

나는 그 기독교 선교 차량이 눈앞 도로에 모습을 드러내고 사후 심판에 대해 더 자세히 말해주기를 기다렸다. 뭐라도 좋으니 힘있고 단호한 어조로 누군가가 말하는 걸 듣고 싶었던 것 같다. 그러나 자동차는 나타나지 않았다. 확성기 목소리는 이쪽으로 다가오는가 싶다가 어느 시점부터 갑자기 다시 작고 희미해지더니, 결국은 완전히 사라져버렸다. 아마 어느 모퉁이에서 이쪽 말고 다른 쪽으로 꺾은 모양이었다. 그 자동차가 모습을 드러내지 않은 채 어딘가로 가버리자, 나 자신이 온 세상으로부터 버려진 듯한 기분이 들었다.

그때 문득 그녀에게 속았는지도 모른다, 는 생각이 들었다. 어디서부터랄 것 없이 그런 생각이 머릿속에 떠올랐다―아니, 직관했다고 해야 할까. 그녀는 어떤 이유로―그게 뭔지는 짐작도 안 가지만―허위 정보를 알려주어, 일요일 오후에 나를 이런 산 위로 끌어낸 것이다. 무슨 일 때문에, 내게 개인적 원한이나 미움을 품게 됐는지도 모른다. 아니면 특별한 이유 없이, 그저 참을 수 없을 만큼 나를 불쾌하게 여기고 있었는지도 모른다. 그래서 있지도 않은 리사이틀 초대장을 보내고, 내가 속아넘어가는 것을 보면서(라기보다 그 우스꽝스러운 광경을 상상하면서) 어디선가 혼자 소리 없이 웃고 있는지도 모른다. 혹은 소리내어 웃고 있는지도 모른다.

하지만 사람이 그저 악의만으로 이만큼 치밀하게 누군가를 괴롭힐 수 있을까? 엽서 인쇄만 해도 제법 손이 갔을 것이다. 그렇게까지 사람이 심술궂어질 수 있을까? 그녀에게 미움을 살 만한 짓을 한 기억은 전혀 없었다. 하지만 사람은 자기도 모르는 사이 남의 마음을 짓밟거나, 자존심에 상처를 내거나, 불쾌감을 안겨

주거나 한다. 그렇게 아주 없다고는 못할 몇 가지 원망의 가능성
을, 생겼을지도 모르는 몇 가지 오해의 가능성을 곰곰이 생각해
보았지만, 내가 수긍할 만한 것들은 나오지 않았다. 그리고 그런
감정의 미로를 수확 없이 왕복하는 사이, 내 의식은 표지판을 놓
치고 말았다. 정신을 차리고 보니 숨이 제대로 쉬어지지 않았다.

당시에는 일 년에 한두 번 그런 증세가 덮쳐오곤 했다. 아마도
스트레스성 과호흡 비슷한 것이었으리라. 뭔가 마음이 혼란해지
는 일이 생기면 기도가 막힌 것처럼 폐에 공기가 제대로 들어가
지 않는다. 급류에 휩쓸려 죽기 직전인 사람처럼 공황 상태에 빠
지고, 몸이 생각대로 움직이지 않는다. 그 자리에 주저앉아 눈을
감고 몸이 정상적인 리듬을 되찾기를 끈기 있게 기다리는 수밖
에 없다. 증세는 크면서 조금씩 사라졌지만(그러고 보니 얼굴이
빨개지는 일도 어느새 없어졌다), 십대 무렵의 나는 여러모로 성
가신 문제를 안고 있었던 것 같다.

정자의 벤치에서 두 눈을 꾹 감고, 몸을 웅크리고, 그 정지 상
태에서 풀려나기를 기다렸다. 오 분쯤이었을 수도 있고, 십오 분
쯤이었을 수도 있다. 시간은 잘 모르겠다. 그사이 나는 어둠 속
에서 떠올랐다가 사라지는 기묘한 도형을 지켜보면서, 천천히
수를 세며 호흡을 가다듬으려 애썼다. 심장은 갈비뼈 우리 안에
서 겁에 질려 뛰어다니는 쥐처럼 파닥파닥 불규칙한 소리를 내

고 있었다.

　문득 정신을 차리고 보니(수를 세는 데 집중하느라 정신이 들 때까지 시간이 걸렸다), 내 앞에 인기척이 느껴졌다. 누군가의 시선이 가만히 나를 향해 있다—그런 느낌이 들었다. 나는 신중하게 천천히 눈을 뜨고, 고개를 살짝 들었다. 맥박은 아직 약간 불규칙했다.

　정자 맞은편 벤치에 어느새 한 노인이 앉아서 내 쪽을 똑바로 보고 있었다. 십대 소년에게 노인의 나이를 가늠하기란 간단하지 않다. 다들 그저 똑같은 노인으로만 보인다. 예순이건 일흔이건, 무슨 차이가 있단 말인가? 그들은 우리와 달리 더이상 젊지 않다—그저 그뿐이다. 노인은 중키에 야윈 편이고 청회색 털 카디건에 밤색 코듀로이 바지를 입고 남색 운동화를 신고 있었다. 어느 것이나 새것이었던 시절로부터 적지 않은 세월이 지난 듯했다. 하지만 허름해 보이지는 않았다. 굵고 뻣뻣해 보이는 백발은 귀 위에 몇 가닥씩 덩어리져서 미역감은 새의 깃털처럼 뻗쳐 있었다. 안경은 쓰지 않았다. 언제부터인지는 몰라도, 보아하니 꽤 긴 시간 내 모습을 관찰하고 있었던 것 같다. 그런 기미가 느껴졌다.

　아마도 "괜찮나?"라고 물어보지 않을까 생각했다. 나는 분명히 고통스러워 보였을 테니까(실제로도 고통스러웠지만). 그것이 노인을 보고 제일 먼저 떠올린 생각이었다. 하지만 예상과 달리 그는 아무 말도 하지 않고, 아무것도 묻지 않고, 그저 단단히 접힌 검은색 장우산을 지팡이처럼 양손으로 틀어쥐고 있었다. 황갈색 나무 손잡이가 달린 튼튼해 보이는 우산으로, 여차하면 무기로 쓸 수도 있을 것 같았다. 아마 근처에 사는 노인인가보다. 우산 말고는 아무것도 손에 들고 있지 않았으니까.

나는 그대로 앉아 호흡을 가다듬었고, 노인은 말없이 그 모습을 지켜보았다. 시선은 내 쪽을 향한 채 한순간도 흔들리지 않았다. 나는 영 불편해서(꼭 남의 집 정원에 허락 없이 들어와버린 느낌이었다), 할 수만 있다면 얼른 벤치에서 일어나 버스정류장을 향해 걸음을 옮기고 싶었다. 하지만 어째서인지 몸을 일으킬 수 없었다. 잠시 그대로 시간이 흘렀다. 그러고 나서 노인이 불쑥 입을 열었다.

"중심이 여러 개 있는 원."

나는 똑바로 고개를 들고 상대의 얼굴을 보았다. 눈과 눈이 마주쳤다. 이마가 이상하게 넓고 코가 뾰족하다는 것을 알 수 있었다. 마치 새 부리처럼 날카롭게 솟아 있다. 내가 아무 말도 하지 않자, 노인은 같은 말을 역시 조용한 목소리로 되풀이했다. "중심이 여러 개 있는 원."

그가 무슨 말을 하려는지, 당연히 나는 알 수 없었다. 혹시 이 남자가 좀전의 기독교 선교 차량을 몰았던 게 아닐까 생각했다. 근처에 차를 세워두고, 여기서 잠깐 쉬는 게 아닐까? 아니, 그럴 리 없다. 목소리가 너무 다르다. 확성기 목소리는 훨씬 젊은 남자의 목소리였다. 혹은 테이프에 녹음한 소리였을지도 모르지만.

"원요?" 나는 하는 수 없이 입을 열었다. 상대가 연장자인데 모르는 척 입다물고 있을 수는 없다.

"중심이 여러 개, 아니, 때로는 무수히 있으면서 둘레를 갖지 않는 원." 노인이 이맛살을 한층 더 찌푸리면서 말했다. "그런 원을, 자네는 떠올릴 수 있겠나?"

아직 머리가 잘 돌아가지 않았지만 예의상 한번 생각해보았다. 중심이 여러 개 있으면서 둘레를 갖지 않는 원. 그런 것을 그려보기란 불가능했다.

"모르겠습니다." 내가 말했다.

노인은 침묵한 채 가만히 내 쪽을 보았다. 좀더 그럴듯한 의견을 내주기를 기다리는 것처럼.

"그런 원은 수학시간에 배우지 않았던 것 같아요." 내가 힘없이 덧붙였다.

노인이 천천히 고개를 가로저었다. "그래, 물론이야. 당연하지. 학교에서는 그런 걸 안 가르치니까. 정말로 중요한 건 학교 같은 데서 절대 가르쳐주지 않거든. 자네도 알다시피."

자네도 알다시피? 어째서 이 노인은 그런 걸 알까?

"그런 원이 정말 실제로 있나요?" 내가 물었다.

"있다마다." 노인이 말하고는 몇 번 고개를 끄덕였다. "그런 원은 분명히 존재해. 하지만 누구의 눈에나 보이지는 않지."

"어르신한테는 보이나요?"

노인은 대답하지 않았다. 내 질문은 한동안 어색하게 공중에 떠 있다가 이윽고 흐릿해지더니 사라졌다.

노인이 말했다. "알겠나, 자네는 혼자 힘으로 상상해야 돼. 정신 차리고 지혜를 쥐어짜서 떠올려보라고. 중심이 여러 개 있고 둘레를 갖지 않는 원을. 그렇게 진지하게 피나는 노력을 하고서야 비로소 조금씩 그게 어떤 것인지 보이거든."

"어려울 것 같은데요." 내가 말했다.

"당연하지." 노인은 무슨 단단한 것이라도 뱉어내듯이 말했다. "이 세상에, 어떤 가치가 있는 것치고 간단히 얻을 수 있는 게 하나라도 있는가." 그러고는 행을 바꾸듯 간결하게 헛기침을 한 번 했다. "그래도 말이야, 시간을 쏟고 공을 들여 그 간단치 않은 일을 이루어내고 나면, 그것이 고스란히 인생의 크림이 되거든."

"크림?"

"프랑스어로 '크렘 드 라 크렘'이라는 말이 있는데, 아나?"

모른다고 나는 말했다. 프랑스어 같은 것은 전혀 모른다.

"크림 중의 크림, 최고로 좋은 것이라는 뜻이야. 인생에서 가장 중요한 에센스—그게 '크렘 드 라 크렘'이야. 알겠나? 나머지는 죄다 하찮고 시시할 뿐이지."

노인이 무슨 말을 하는지 그때의 나는 잘 알 수 없었다. 크렘 드 라 크렘?

"자, 생각해보게나." 노인이 말했다. "다시 한번 눈을 감고, 열심히 생각하는 거야. 중심이 여러 개 있고 둘레를 갖지 않는 원을. 자네 머리는 말일세, 어려운 걸 생각하라고 있는 거야. 모르는 걸 어떻게든 알아내라고 있는 거라고. 비슬비슬 늘어져 있으면 못써. 지금이 중요한 시기거든. 머리와 마음이 다져지고 빚어져가는 시기니까."

나는 다시 한번 눈을 감고 그 원을 머릿속으로 그려보려 애썼다. 비슬비슬 늘어져 있을 수는 없는 노릇이다. 중심이 여러 개 있고, 나아가 둘레를 갖지 않는 원을 생각해야 한다. 하지만 아무리 진지하게 생각해도 그때의 나는 그 의미를 전혀 이해할 수 없었다. 내가 아는 원이란 일정한 중심을 놓고 거기서부터 등거리에 있는 점을 연결한, 곡선의 둘레를 지니는 도형이었다. 컴퍼스로 그릴 수 있는 단순한 도형이다. 노인이 하는 말은 애당초

원의 정의에 전혀 부합하지 못하고 있지 않은가?

하지만 노인이 머리가 이상한 사람 같지는 않았다. 나를 놀리는 것 같지도 않았다. 그는 지금 여기서, 중요한 무언가를 내게 전하려 한다. 왠지 몰라도 나는 알 수 있었다. 그래서 더욱 필사적으로 머리를 굴렸다. 하지만 아무리 생각해도 똑같은 곳을 빙빙 맴돌 뿐이었다. 중심이 여럿(혹은 무수히) 있는 원이, 어떻게 하나의 원으로 존재할 수 있을까? 고도의 철학적 비유 같은 것일까? 나는 단념하고 눈을 떴다. 더 많은 실마리가 필요했다.

하지만 노인의 모습은 이미 그곳에 없었다. 주위를 둘러봤지만 어디에도 사람 그림자 하나 없었다. 처음부터 그런 사람은 존재하지도 않았던 것처럼. 내가 환영을 본 걸까? 아니, 당연히 그것은 환영이 아니다. 그는 틀림없이 눈앞에 있었고, 우산을 단단히 틀어쥐고서 조용한 목소리로 내게 말을 걸고, 불가해한 물음을 남기고 갔다.

그러고 보니 호흡이 평소대로 돌아와 있었다. 급류는 어딘가로 사라졌다. 항구의 상공에서는 그때까지 촘촘히 뒤덮였던 잿빛 구름이 군데군데 갈라지기 시작했다. 작게 벌어진 구름 틈새로 한줄기 빛이 내려와 크레인 창고의 알루미늄 지붕을 반짝였다. 마치 그 한 점을 정확히 조준한 것처럼. 나는 신화적이라고도 할 수 있을 그 인상적인 광경을, 오랫동안 질리지도 않고 바라보았다.

내 옆에는 셀로판지에 싸인 작고 빨간 꽃다발이 놓여 있었다. 그날 나에게 일어난 일련의 기묘한 사건의 소소한 증거물처럼. 어떻게 할까 망설이다가 결국 정자 벤치 위에 두고 가기로 했다. 그러는 게 가장 적절하다는 생각이 들어서였다. 나는 몸을 일으키고, 아까 내렸던 버스정류장을 향해 걸음을 옮겼다. 바람이 약간 부는 것 같았다. 그 바람이 머리 위에 머물러 있던 구름을 흐트러뜨린 모양이었다.

이야기를 끝내자 아는 동생이 조금 뜸을 들였다가 입을 연다. "뭐가 뭔지 잘 모르겠는데, 실제로는 무슨 일이 일어났던 거죠? 무슨 의도라든가 원리 같은 게 작용했던 걸까요?"

그 늦가을의 일요일 오후, 내가 고베의 산 위에서 맞닥뜨렸던 기묘한 상황—내 앞으로 온 초대장의 지시에 따라 연주회장으로 가보니 아무도 없었다는 것—이 무엇을 의미하는지, 왜 그렇게 불가사의한 사태가 벌어졌는지, 그는 그것을 묻고 있다. 당연하다면 당연한 의문이다. 나는 결론이 없는 것이나 다름없는 이야기를 하고 있으니까.

"그건 나도 아직 잘 모르겠어." 나는 솔직하게 대답한다.

그렇다, 모든 것은 수수께끼의 고대문자처럼 해독되지 못한 채 남아 있다. 그때 일어났던 일은 아무리 생각해도 불가사의한, 설명이 안 되는 사건이었고, 열여덟 살의 나를 깊은 당혹과 혼란에 빠뜨렸다. 잠깐 자기 자신을 잃어버리고 말 정도로.

나는 말한다. "그래도 원리나 의도 같은 건 별로 중요한 문제가 아니었다는 생각이 들어."

그 말에 그는 잘 모르겠다는 표정으로 나를 바라본다. "그게 무슨 일이었는지, 굳이 알 필요가 없다는 뜻인가요?"

나는 잠자코 고개를 끄덕인다.

아는 동생이 말한다. "그래도 나 같으면 무척 신경쓰일 것 같은데요. 왜 그렇게 됐는지, 일의 진상을 알고 싶을 것 같아요. 만약 같은 입장이었다면."

"나도 물론 그때는 무척 신경쓰였어." 내가 말했다. "대체 무슨 일인지 곱씹어보았지. 상처도 받았고. 하지만 시간이 지나고 멀찌감치 물러나 바라보니 전부 아무래도 상관없는 시시한 일처럼 느껴지기 시작했어. 인생의 크림과는 아무 관계도 없는 일이라고."

"인생의 크림." 그가 말한다.

내가 말한다. "우리 인생에는 가끔 그런 일이 일어나. 설명이 안 되고 이치에도 맞지 않는, 그렇지만 마음만은 지독히 흐트러지는 사건이. 그런 때는 아무 생각 말고, 고민도 하지 말고, 그저 눈을 감고 지나가게 두는 수밖에 없지 않을까. 커다란 파도 밑을 빠져나갈 때처럼."

아는 동생은 한동안 말없이 그 커다란 파도를 생각한다. 경력이 오랜 서퍼인지라 파도에 대해서는 진지하게 생각해볼 문제가 많은 것이다. 그러다가 마침내 입을 연다. "하지만 아무 생각 안 하는 것도 쉽지 않을 테죠."

"그렇지, 쉽지 않을 거야."

이 세상에, 어떤 가치가 있는 것치고 간단히 얻을 수 있는 게 하나라도 있는가, 하고 그 노인은 말했다. 피타고라스가 정리에 대해 말할 때처럼, 흔들림 없는 확신과 함께.

"그래서, 그 중심이 여러 개 있으면서 둘레를 갖지 않는 원 말인데요." 아는 동생이 마지막에 묻는다. "해답이라 할 만한 건 찾았어요?"

"글쎄." 내가 말한다. 그러고는 천천히 고개를 가로젓는다. 글쎄.

지금까지 살면서 설명이 안 되고 이치에도 맞지 않는, 그렇지만 마음이 지독히 흐트러지는 일이 일어날 때마다(자주라고 할 정도는 아니어도 몇 번쯤 그런 일이 있었다) 나는 언제나 그 원에 대해—중심이 여러 개 있고 둘레를 갖지 않는 원에 대해—곰곰이 생각했다. 열여덟 살 때 그 정자의 벤치에서 그랬듯이, 눈을 감고 심장박동에 귀기울이면서.

어떤 것인지 대충 알겠다 싶을 때도 있었지만, 더 깊이 생각하다보면 다시 알 수 없어졌다. 그러기를 되풀이한다. 아마 그것은 구체적인 도형으로서의 원이 아니라, 사람의 의식 속에만 존재하는 원일 것이다. 나는 그렇게 생각한다. 이를테면 진심으로 누군가를 사랑하거나, 무언가에 깊은 연민을 느끼거나, 이 세상의 이상적인 모습을 그리거나, 신앙(혹은 신앙 비슷한 것)을 발견하거나 할 때, 우리는 지극히 당연하게 그 원을 이해하고, 받아들이게 되는 게 아닐까—어디까지나 나의 막연한 추론일 뿐이지만.

자네 머리는 말일세, 어려운 걸 생각하라고 있는 거야. 모르는 걸 어떻게든 알아내라고 있는 거라고. 그것이 고스란히 인생의 크림이 되거든. 나머지는 죄다 하찮고 시시할 뿐이지. 백발의 노인은 그렇게 말했다. 가을이 끝나가는 흐린 일요일 오후, 고베의 산 위에서. 그때 나는 작고 빨간 꽃다발을 들고 있었다. 그리고 지금도 여전히, 무슨 일이 있을 때마다 나는 그 특별한 원에 대해, 혹은 하찮고 시시한 것에 대해, 그리고 또 내 안에 있을 특별한 크림에 대해 곰곰이 생각해보게 되는 것이다.

찰리 파커 플레이즈 보사노바

버드가 돌아왔다.

이 얼마나 근사한 말인가! 그렇다, 그 버드가 힘찬 날갯짓과 더불어 돌아왔다. 지구상의 모든 장소에서—노보시비르스크에서 팀북투에 이르기까지—사람들은 하늘을 우러러 그 위대한 새의 그림자를 목격하고 환호성을 지르리라. 그리고 세계는 다시금 새로운 햇빛으로 가득차리라.

때는 1963년. 사람들이 버드=찰리 파커의 이름을 마지막으로 들은 지 벌써 오랜 세월이 흘렀다. 버드는 대체 어디서 뭘 하는 거야? 전 세계 도처에서 재즈 애호가들은 그렇게 숙덕였다. 아직 죽지는 않았을걸. 죽었다는 얘기는 못 들었으니

까. 그런데 말이야, 하고 누군가가 말한다, 살아 있다는 얘기
도 못 들었거든.

사람들이 마지막으로 들은 소식은 버드가 후원자인 니카 백
작부인에게 신세를 지며 호화 저택에서 투병중이라는 것이었
다. 버드의 약물중독이 얼마나 심각한지는 재즈 팬이라면 모
르는 사람이 없다. 헤로인—예의 치명적인 하얀 가루. 그뿐인
가, 소문에 따르면 심각한 폐렴에 잡다한 내장 질환을 앓으며
당뇨병 증상에 시달린 탓에, 급기야 정신마저 좀먹어가는 중
이라 한다. 설령 운좋게 목숨을 이어간다 해도 거의 폐인이나
다름없을 그가 악기를 쥐는 일은 더이상 없을 것이다. 버드는
그렇게 사람들 앞에서 자취를 감추고 재즈계의 아름다운 전설
이 되었다. 1955년 전후의 일이다.

그러나 그로부터 팔 년이 지난 1963년 여름, 찰리 파커가
다시 알토색소폰을 들고, 뉴욕 근교의 스튜디오에서 앨범 한
장분의 녹음을 마쳤다. 앨범의 타이틀은 '찰리 파커 플레이즈
보사노바'!

당신은 이 이야기가 믿어지는가?

믿는 게 좋다. 어쨌거나 실제로 일어난 일이니까.

이것은 내가 대학생 무렵 쓴 글의 첫머리다. 난생처음 활자화

되어 약소하게나마 원고료라는 것을 받은 글이다.

물론 〈찰리 파커 플레이즈 보사노바〉라는 음반은 실재하지 않는다. 찰리 파커는 1955년 3월 12일 사망했고, 보사노바가 스탄 게츠 등의 연주를 통해 미국에서 히트한 것은 1962년이다. 그러나 만약 버드가 1960년대까지 살아남아서, 보사노바 음악에 흥미를 느끼고 직접 연주까지 했더라면……이라는 가정하에 이런 가상의 비평을 써본 것이다.

그런데 이 글을 채택해준 한 대학교 문예지 편집장은 그게 정말로 실재하는 음반이라 생각하고, 아무런 의심 없이 보통의 음악 평론처럼 잡지에 전문을 실어주었다. 편집장의 동생이 내 친구였는데, "얘가 글을 꽤 재미있게 쓰는데, 한번 실어봐" 하며 영업해준 덕이다(이 잡지는 4호로 폐간됐는데, 원고가 게재된 것은 제3호였다).

찰리 파커가 남긴 귀중한 녹음테이프가 우연히 음반사 자료실에서 발견되었고, 드디어 이번에 빛을 보았다는 것이 내가 쓴 글의 설정이었다. 내 입으로 말하기도 좀 그렇지만 세부까지 공들여 그럴듯하게 지어낸, 어찌 보면 열정 가득한 글이었다고 생각한다. 끝에 가서는 이 음반이 정말로 존재하진 않을까 나 자신마저 믿고 싶어졌을 정도다.

잡지가 발매되자 내가 쓴 글에 대해 적지 않은 반응이 일었다.

별다를 것 없는 대학교 문예지인지라 평소에는 기사에 대한 반응 같은 건 거의 없다. 하지만 이 세상에는 찰리 파커를 신성시하는 팬이 적지 않은지, 나의 '쓸데없는 장난' '분별없는 모독'에 항의하는 편지 몇 통이 편집부 앞으로 날아왔다. 세상 사람들에게 유머감각이 결여된 건지, 아니면 내 유머감각이 워낙에 비뚤어진 건지는 판단하기 쉽지 않은 부분이다. 개중에는 내가 쓴 기사를 읽고 음반을 사려고 직접 레코드가게를 찾은 사람도 있었던 모양이다.

편집장은 자신을 깜빡 속인 것을 두고 잠깐 쓴소리를 하긴 했지만(사실은 속인 게 아니라 자세한 설명을 생략했을 뿐이지만), 비록 대부분 비판적일지언정 게재 기사에 대해 나름대로 반응을 얻은 것이 내심 기쁜 모양이었다. 그 증거로, 평론이든 창작이든 상관없으니 앞으로도 글을 완성하게 되면 자신에게 보여달라고 말했다(그러기도 전에 잡지가 소멸해버렸지만).

앞서 실은 내 글은 이렇게 이어진다.

······찰리 파커와 안토니우 카를루스 조빙이라니, 이렇게 파격적인 조합을 누가 예측이나 했으랴? 기타에 지미 레이니, 피아노는 조빙, 베이스가 지미 개리슨, 드럼이 로이 헤인즈. 이름만 봐도 심장이 두근대는 매력적인 리듬 섹션 아닌가. 물

론 알토색소폰은 찰리 '버드' 파커다.

곡명을 적어보자.

A면

(1) 코르코바도

(2) 원스 아이 러브드(O Amor em Paz)

(3) 저스트 프렌드

(4) 바이 바이 블루스(Chega de Saudade)

B면

(1) 아웃 오브 노웨어

(2) 하우 인센시티브(Insensatez)

(3) 원스 어게인(Outra Vez)

(4) 딘디

〈저스트 프렌드〉와 〈아웃 오브 노웨어〉 두 곡을 제외하고는 전부 카를루스 조빙이 만든 유명한 곡이다. 위의 두 곡도 스탠더드넘버로 파커 역시 과거에 뛰어난 연주를 선보인 바 있지만, 여기서는 마찬가지로 보사노바 리듬을 더해 완전히 새로운 스타일로 연주했다(그리고 이 두 곡에서만 피아노를 조빙이 아닌 다재다능한 베테랑 피아니스트 행크 존스가 대신한다).

그나저나, 재즈 애호가인 당신은 '찰리 파커 플레이즈 보사노바'라는 타이틀을 접하고 무슨 생각을 할까? 처음에는 헉하고 놀라고, 이어서 호기심과 기대로 가슴이 부풀지 않을까. 그러나 조금 지나면, 서서히 경계심이 고개를 들지도 모른다─조금 전까지 화창하기 그지없던 산기슭에 불길한 먹구름이 나타나듯이.

잠깐, 버드가, 그 찰리 파커가 보사노바를 한다고? 버드가 진심으로 그러고 싶어했을까? 혹시 상업주의에 무릎을 꿇고, 음반사의 꾐에 넘어가, 이른바 대세라는 '유행'에 손을 뻗게 된 건 아닐까? 설령 정말로 그런 연주를 하고 싶었다 해도, 뼛속까지 비밥에 물든 이 알토색소폰 주자의 연주 스타일이 남미에서 온 쿨한 보사노바 음악과 잘 어우러질 수 있을까?

아니, 음악의 스타일은 나중 문제고, 그가 과연 팔 년이란 공백을 깨고 예전처럼 자유자재로 악기를 다룰 수 있을까? 전성기에 하늘을 찔렀던 연주력과 창조성을 지금도 유지하고 있을까?

솔직히 말해 나도 그런 불안이 없었던 건 아니다. 그 음악을 한시바삐 들어보고 싶다는 강렬한 기대감의 한편에, 듣고 실망하진 않을까 하는 두려운 마음도 있었다. 하지만 이 음반을, 숨죽여가며 몇 차례 듣고 난 지금, 나는 분명히 단언하고 싶다. 고층빌딩 옥상에 올라가 거리거리를 향해 목청껏 외쳐도 좋다. 만약 당신이 재즈 애호가라면, 아니, 최소한 음악이란 것을 애호하는 사람이라면, 뜨거운 하트와 쿨한 마인드가 빚어낸 이 차밍한 음악에, 무슨 일이 있어도 기꺼이 귀를 기울여야 한다고.

(중략)

이 음반에서 가장 먼저 놀란 부분은, 카를루스 조빙의 심플하고 군더더기 없는 피아노 스타일과 버드가 예의 달변가처럼 선보이는 물 흐르듯 분방한 프레이즈가 절묘한 조화를 이룬다는 것이다. 카를루스 조빙의 보이스(이 앨범에서 노래는 하지 않는다. 내가 말하는 건 어디까지나 악기의 보이스다)와 버드의 보이스는 질감과 방향성이 너무 다르지 않냐고 당신은 말할지도 모른다. 물론 둘의 보이스는 크게 다르다. 오히려 공통점을 찾기가 더 어려운지도 모른다. 게다가 둘 다 상대의 음악에 자신의 음악을 맞추려는 노력을 거의 하지 않은 듯하다. 그러나 다름아닌 그 위화감, 어긋나는 두 보이스의 차이가, 여기서는 비할 데 없이 아름다운 음악을 만들어내는 원동력으로 작용한다.

우선 A면 첫 곡 〈코르코바도〉에 귀기울여보시라. 이 곡에서 버드는 첫머리의 테마를 연주하지 않는다. 그가 연주하는 테마는 마지막의 원 코러스뿐이다. 먼저 카를루스 조빙이 피아노 하나로 귀에 익은 테마를 조용히 연주한다. 리듬 파트는 뒤에서 가만히 침묵한다. 그 멜로디는 창가에 앉아 아름다운 야경을 내다보는 소녀의 눈동자를 떠올리게 한다. 연주는 거의 싱글 톤이고, 때로 간단한 코드를 살며시 곁들인다. 소녀의 어깨 아래로 폭신한 쿠션을 다정하게 받쳐주듯이.

그렇게 피아노의 테마 연주가 끝나면, 마치 커튼 사이로 석양빛이 옅은 그림자를 드리우듯 버드의 알토 사운드가 남몰래 찾아온다. 알아차렸을 때 그는 이미 그곳에 와 있다. 이음매 없이 나긋나긋한 그 프레이즈는 흡사 당신의 꿈속에 숨어들어오는, 이름을 숨긴 아름다운 연모와도 같다. 이대로 영원히 사라지지 않기를 바랄 만큼 정묘한 풍문風紋을, 당신의 마음속 모래언덕에 부드러운 상흔처럼 남기고 간다……

나머지는 생략하자. 그럴싸한 미사여구로 가득한 문장이 이어질 뿐이다. 하지만 글이 표현하고자 한 음악의 이미지는 대충 파악했으리라 짐작한다. 물론 그 음악은 실재하지 않지만. 혹은 실재하지 않을 터이지만.

　이 이야기는 일단 여기서 끝난다. 지금부터는 후일담이다.

　학창 시절 내가 그런 글을 썼다는 사실 자체를 오랫동안 까맣
게 잊고 지냈다. 그뒤로 내 인생은 뜻하지 않게 분주해졌고, 어
차피 그 가상의 음악 평론은 젊은 날의 무책임하고 속 편한 조크
에 지나지 않았다. 하지만 약 십오 년 후, 그 글은 생각지 못한 형
태로 나에게 되돌아오게 된다. 마치 허공에 던져놓고 잊어버렸
던 부메랑이 예상도 못한 순간에 되돌아오듯이.

　일 때문에 뉴욕 시내에 머물 때다. 시간이 나서 숙박중인 호텔
근처를 산책하다가 이스트 14번지에 있는 작은 중고 레코드가
게에 들어갔다. 그리고 찰리 파커 코너에서 내가 발견한 것은 웬
걸, 'Charlie Parker Plays Bossa Nova'라는 타이틀의 레코드
였다. 개인이 만든 해적판 같은 레코드였다. 흰색 재킷에 그림도
사진도 없이 검은 글씨로 제목만 무뚝뚝하게 인쇄되어 있었다.
뒷면에는 곡명과 참가자가 적혀 있다. 놀랍게도 곡명과 연주자
명단 모두 내가 학창 시절 혼자서 지어냈던 것과 한 치도 다르지
않았다. 딱 두 곡에서 카를루스 조빙 대신 행크 존스가 피아노를
맡았다.

　나는 레코드를 손에 든 채 우두커니 그 자리에 서 있었다. 몸

속 깊이 어딘가, 작은 부위 한 군데가 마비된 듯한 감각이었다. 나는 새삼스럽게 주위를 둘러보았다. 여기가 정말로 뉴욕일까? 틀림없이 뉴욕의 다운타운이었다. 나는 그곳의 작은 중고 레코드가게에 있다. 환상의 세계로 잘못 들어선 게 아니다. 극사실주의 꿈을 꾸고 있는 것도 아니다.

레코드를 재킷에서 꺼내보았다. 타이틀과 곡명이 인쇄된 흰색 라벨이 붙어 있다. 음반사 로고 같은 것은 없다. 레코드 트랙을 살펴봤다. 양면 다 분명히 네 곡씩 트랙이 커트되어 있다. 나는 계산대 앞에 있는 긴 머리의 젊은 점원에게 이 레코드를 청음할 수 있는지 물었다. 그는 고개를 저었다. 가게의 레코드플레이어가 고장나서 청음이 힘들다고 했다. 미안해요.

레코드에는 35달러라는 가격표가 붙어 있었다. 어떻게 할지 한참 고민했다. 결국 레코드를 사지 않고 가게를 나왔다. 어차피 누군가의 실없는 장난이라고 생각했기 때문이다. 누구 별난 사람이 내가 쓴 글의 내용대로, 있지도 않은 레코드를 그럴싸하게 꾸며낸 것이다. A면과 B면 각각 네 곡씩 수록된 다른 레코드를 가져다가, 물에 담가서 라벨을 벗겨내고, 대신 직접 만든 라벨을 풀로 붙였으리라. 그런 엉터리에 35달러를 소비하는 건 아무리 생각해도 멍청한 짓이었다.

호텔에서 가까운 스페인 식당에서 혼자 맥주를 마시며 간단히 저녁을 먹었다. 그런 다음 어슬렁어슬렁 근처를 산책하는데, 갑자기 내 안에서 후회의 감정이 솟구쳤다. 역시 그 레코드를 샀어야 했다. 설령 의미 없는 가짜라 해도, 상당히 과한 가격이라 해도, 일단은 손에 넣고 봤어야 했다. 이리저리 꼬여온 내 인생의 기이하고 야릇한 기념품 삼아서. 나는 그길로 다시 14번지로 향했다. 발길을 서둘렀지만 레코드가게 문은 이미 닫혀 있었다. 셔터에 달린 안내판에는 평일 오전 열한시 반 오픈, 일곱시 반 클로즈드라고 적혀 있었다.

이튿날 오전 다시 한번 가게를 찾아가봤다. 올이 풀린 라운드넥 스웨터를 입고 머리숱이 별로 없는 중년 남자가 계산대에 앉아 신문 스포츠면을 읽으면서 커피를 마시고 있었다. 커피머신에서 막 내렸는지 신선하고 기분좋은 커피향이 실내에 어렴풋이 풍겼다. 문을 연 지 얼마 안 돼서 다른 손님은 없고, 천장의 작은 스피커에서 파로아 샌더스의 옛날 곡이 흘러나왔다. 보아하니 그가 가게 주인인 듯했다.

찰리 파커 코너를 찾아봤지만, 내가 찾는 레코드는 없었다. 어제 분명히 이 코너에 레코드를 돌려놨는데. 하릴없이 재즈 섹션에 있는 모든 박스를 뒤져봤다. 어디 다른 데로 끼어들어갔을지도 모르니까. 하지만 아무리 찾아도 그 레코드는 보이지 않았다. 그새 팔려버린 걸까? 나는 계산대로 가서 라운드넥 스웨터를 입은 중년 남자에게 "어제 여기서 본 재즈 레코드를 찾고 있는데요"라고 말했다.

"어떤 레코드요?" 그는 〈뉴욕 타임스〉에서 눈을 떼지 않고 물었다.

"〈Charlie Parker Plays Bossa Nova〉." 내가 말했다.

남자가 신문을 내려놓고, 가느다란 철테 돋보기안경을 벗고 천천히 내 쪽을 돌아보았다. "미안한데, 다시 한번 말해줄래요?"

나는 되풀이했다. 남자는 아무 말 하지 않고 커피를 한 모금 마시고는 고개를 작게 가로저었다. "그런 레코드는 없어요."

"맞아요." 내가 말했다.

"페리 코모 싱즈 지미 헨드릭스라면, 재고가 있지만."

"페리 코모 싱즈……"까지 말하다가 그게 농담이라는 걸 알았다. 표정 하나 안 바뀌고 농담을 하는 타입이다. "그런데 정말 봤거든요." 내가 말했다. "그냥 장난으로 만든 물건 같긴 한데."

"그걸 우리 가게에서 봤다고요?"

"그래요. 어제 오후에, 여기서요." 나는 그 레코드에 대해 설명했다. 어떤 재킷에, 어떤 곡이 들어 있었는지. 그리고 35달러라는 가격표가 붙어 있었다는 것도.

"아마 뭘 착각하셨겠죠. 그런 레코드는 우리 가게에 없어요. 재즈 레코드를 매입하고 값을 매기는 작업은 나 혼자 하니까, 그런 걸 봤다면 기억하기 싫어도 기억날걸요."

그는 그렇게 말하고는 고개를 젓고 다시 돋보기를 걸쳤다. 마저 스포츠 기사를 읽기 시작했다가, 문득 생각을 바꿨는지 돋보기를 벗고 실눈으로 내 얼굴을 가만히 바라보았다. 그러고는 말했다. "만약 당신이 언젠가 그 레코드를 구한다면, 나도 꼭 한번 들어보고 싶군요."

또하나의 후일담.

그로부터 상당히 시간이 흐른 뒤지만(사실 제법 최근의 일이다), 나는 어느 밤 찰리 파커가 나오는 꿈을 꿨다. 그 꿈에서 찰리 파커는 나를 위해, 나 하나만을 위해 〈코르코바도〉를 연주해주었다. 리듬 섹션을 빼고 알토색소폰 솔로로.

버드는 어딘가의 틈새에서 흘러들어오는 기다란 빛 속에 혼자서 있었다. 아마도 아침햇살일 것이다. 신선하고 꾸밈없는, 아직 필요 이상의 여운을 머금지 않은 빛이다. 이쪽을 보는 버드의 얼굴에는 그늘이 져 있었지만, 짙은 색 더블브레스트 슈트에 흰 셔츠를 입고 밝은색 넥타이를 맸다는 것은 대략 알아볼 수 있었다. 그리고 그가 들고 있는 알토색소폰은 말도 안 되게 더럽고, 먼지와 녹투성이였다. 부러진 키 하나가 숟가락 자루와 박스테이프로 위태롭게 고정되어 있었다. 그 광경에 나는 고개를 갸웃하지 않을 수 없었다. 제아무리 버드라지만, 저렇게 엉망인 악기로 소리나 제대로 낼 수 있을까?

그때 느닷없이, 내 코에 더없이 향긋한 커피냄새가 끼쳤다. 어찌나 매혹적인지. 머신에서 막 내린 뜨겁고 진한 블랙커피의 향이다. 내 비공이 기쁨으로 살짝 실룩였다. 하지만 그 향에 마음을 빼앗기면서도 나는 버드에게서 한순간도 눈을 떼지 않았다. 잠깐이라도 한눈을 팔면 그가 사라져버릴지도 모르니까.

어째서인지 몰라도, 그때 나는 꿈속이란 걸 알았다―나는 지금 버드가 나오는 꿈을 꾸고 있는 것이다. 가끔 그럴 때가 있다. 꿈을 꾸면서 '이건 꿈이야'라고 확신하는 때가. 그리고 꿈속에서 이토록 선명한 커피향을 맡을 수 있다는 사실에 나는 불가사의한 감동을 느꼈다.

이윽고 버드는 마우스피스를 물고, 리드의 상태를 시험하듯 주의깊게 한 번 소리를 냈다. 그리고 그 소리가 서서히 사라져버리자 다시 몇 번의 소리를 조용히, 역시 신중하게 내보냈다. 소리들은 한동안 주위를 떠다니다가 부드럽게 지면으로 내려앉았다. 소리들이 남김없이 지면으로 떨어지고 침묵 속으로 빨려들어가버리자, 버드는 이어서 한결 깊고 묵직한 일련의 소리를 허공에 띄워 보냈다. 그렇게 〈코르코바도〉가 시작되었다.

그 음악을 대체 어떻게 표현하면 좋을까. 버드가 나 하나를 위해 꿈속에서 연주해준 음악은, 나중에 생각해보면 소리의 흐름이라기보다 오히려 순간적이고 전체적인 조사照射에 가까웠다는 생각이 든다. 그 음악이 존재했음을 나는 생생히 떠올릴 수 있다. 그러나 그 음악의 내용을 재현하기란 불가능하다. 순서대로 더듬어가기도 불가능하다. 만다라 그림을 말로 설명하기가 불가능하듯이. 내가 할 수 있는 말은 그것이 영혼 깊숙한 곳의 핵심까지 가닿는 음악이었다는 것이다. 듣기 전과 들은 후에 몸의 구조가 조금은 달라진 듯 느껴지는 음악―그런 음악이 세상에는 분명히 존재하는 법이다.

"내가 죽었을 때는 아직 서른네 살이었어. 서른네 살." 버드는 내게 말했다. 아마 내게 말했지 싶다. 그 방에는 나와 버드 둘뿐이었으니까.

나는 그의 말에 뭐라고 반응할 수 없었다. 꿈속에서 적절한 행동을 취하기란 매우 어렵다. 그래서 그저 묵묵히 그의 다음 말을 기다렸다.

"서른네 살에 죽는 게 어떤 일일지, 한번 생각해봐." 버드가 말을 이었다.

내가 만약 그 나이에 죽었다면 어떤 심경일지 생각해보았다. 서른넷이면 아직 여러 일을 시작한 지 얼마 되지 않은 무렵이다.

"그래, 나도 여러 일을 시작한 지 얼마 안 됐을 때였어." 버드가 말했다. "인생을 막 시작한 참이었지. 하지만 문득 정신을 차리고 보니, 그리고 주위를 둘러보니, 모든 것이 이미 끝나 있었어." 그는 조용히 고개를 저었다. 얼굴 전체에 아직 그림자가 져 있었다. 그래서 표정을 알아볼 수 없었다. 그는 흠집투성이의 지저분한 악기에 줄을 끼워서 목에 걸고 있었다.

"물론 죽음은 언제나 예고 없이 찾아오지." 버드가 말했다. "하지만 동시에 지극히 완만한 것이기도 해. 자네 머릿속에 떠오르는 아름다운 프레이즈와 마찬가지야. 순식간에 지나가는 동시에, 한없이 잡아 늘일 수도 있지. 동쪽 해안에서 서쪽 해안만큼 길게—혹은 영원에 다다를 만큼 길게. 시간이란 관념은 그곳에서 사라지고 없어. 그런 의미로 보면, 나는 하루하루 살면서 죽어 있었는지도 몰라. 그래도 실제로 맞는 진짜 죽음은 철저하게 무거워. 그 전까지 존재했던 것이 갑자기 통째로 사라져버리지. 완전히 무無가 되어버려. 그리고 내 경우, 그 존재는 나 자신이었어."

그는 한동안 고개를 숙이고 자기 악기를 가만히 바라보았다. 그러고는 다시 입을 열었다.

"죽을 때 내가 뭘 생각하고 있었는지 알아?" 버드가 말했다. "내 머릿속에 있었던 건 그저 하나의 멜로디였어. 그걸 도돌이표처럼 언제까지고 머릿속으로 흥얼거렸지. 그 멜로디가 도무지 내 머리를 떠나지 않았거든. 왜 가끔 그럴 때 있잖아? 멜로디 하나가 머릿속에 달라붙어버리는 거. 그게 뭐고 하니, 베토벤의 피아노협주곡 1번, 3악장의 한 소절이었어. 이런 멜로디야."

버드가 작게 허밍으로 그 멜로디를 읊조렸다. 나도 아는 멜로디였다. 피아노 솔로 파트다.

"베토벤이 쓴 멜로디 중에서 최고의 스윙이라 할 수 있는 소절이야." 버드가 말했다. "나는 그 1번 콘체르토를 옛날부터 좋아했어. 셀 수 없이 들었지. 슈나벨이 연주한 SP 레코드로. 그래도 희한한 일이지. 이 찰리 파커가, 죽을 때 머릿속으로 몇 번이고 흥얼거린 것이 하필이면 베토벤의 멜로디라니. 그러고는 어둠이 찾아왔어. 막이 내리듯이." 버드는 쉰 목소리로 작게 웃었다.

나는 아무 말도 하지 못했다. 찰리 파커의 죽음에 대해 대체 무슨 말을 할 수 있을까?

"어쨌거나 난 자네에게 고맙다고 해야 돼." 버드가 말했다. "자네는 나에게 다시 한번 생명을 줬어. 그리고 내가 보사노바 음악을 연주하게 해줬지. 내게는 무엇보다 기쁜 경험이었어. 물론 살아서 실제로 그럴 수 있었더라면 훨씬 신났겠지. 하지만 사후에도 충분히 근사한 경험이었어. 난 언제나 새로운 종류의 음악을 좋아했으니까."

그러니까 당신은 나에게 고맙다는 말을 하려고, 오늘 여기에

나타난 거라고요?

"그렇대도." 버드가 말했다. 내 마음속 목소리를 알아들은 것처럼. "자네에게 인사 한마디 하려고 들른 거야. 고맙다고 말하려고. 내 음악을 듣고 즐거웠다면 기쁠 텐데."

나는 고개를 끄덕였다. 무슨 말이라도 했어야 했지만, 역시 자리에 맞는 말을 떠올릴 수 없었다.

"페리 코모 싱즈 지미 헨드릭스라." 버드는 생각난 듯이 중얼거렸다. 그러고는 또 쉰 목소리로 쿡쿡 웃었다.

그리고 버드는 사라졌다. 먼저 악기가 사라지고, 그다음에 어디선가 흘러들어왔던 빛이 사라지고, 마지막으로 버드가 사라졌다.

꿈에서 깼을 때, 베갯머리의 시계는 오전 세시 반을 가리키고 있었다. 물론 주위는 아직 캄캄했다. 방을 가득 채운 줄 알았던 커피향은 이미 사라졌다. 아무 냄새도 풍기지 않았다. 부엌으로 가서 유리컵에 찬물을 따라 몇 잔 마셨다. 그러고는 식탁에 앉아 버드가 나를 위해, 나 하나만을 위해 연주해주었던 근사한 음악을 조금이나마 재현하려고 시도해보았다. 하지만 역시 단 한 소절도 떠올리지 못했다. 그래도 버드가 했던 말은 뇌리에 되살릴수 있었다. 그 기억이 흐려지기 전에, 한마디 한마디 최대한 정확하게 볼펜으로 노트에 적어넣었다. 그것이 그 꿈에 대해 내가 할 수 있는 유일한 행위였다. 그렇다, 버드는 내게 고맙다는 말을 하려고 내 꿈에 찾아온 것이다. 한참 옛날에, 내가 그에게 보사노바 음악을 연주할 기회를 제공한 것에 감사하기 위해서. 그리고 마침 갖고 있던 악기로 〈코르코바도〉를 연주해주었다.

당신은 이 이야기가 믿어지는가?

믿는 게 좋다. 어쨌거나 실제로 일어난 일이니까.

위드 더 비틀스
With the Beatles

나이 먹으면서 기묘하게 느끼는 게 있다면 내가 나이를 먹었다는 사실이 아니다. 한때 소년이었던 내가 어느새 고령자 소리를 듣는 나이대에 접어들었다는 사실이 아니다. 그보다 놀라운 것은 나와 동년배였던 사람들이 이제 완전히 노인이 되어버렸다……, 특히 아름답고 발랄했던 여자애들이 지금은 아마 손주가 두셋 있을 나이가 되었다는 사실이다. 그런 생각을 하면 몹시 신기할뿐더러 때로 서글퍼지기도 한다. 내 나이를 떠올리고 서글퍼지는 일은 거의 없지만.

한때 소녀였던 이들이 나이를 먹어버린 것이 서글프게 다가오는 까닭은 아마도 내가 소년 시절 품었던 꿈 같은 것이 이제 효력을 잃었음을 새삼 인정해야 해서일 것이다. 꿈이 죽는다는 것은 어찌 보면 실제 생명이 소멸하는 것보다 슬픈 일인지도 모른다. 그것은 때로 매우 공정하지 못한 일처럼 느껴지기까지 한다.

한 여자애를—한때 소녀였던 어떤 여자를—지금도 또렷이 기억한다. 하지만 그녀의 이름은 모른다. 물론 지금 어디서 뭘 하는지도 모른다. 내가 아는 것은 그녀가 나와 같은 고등학교를 다녔고, 동갑이며(같은 학년 배지를 가슴에 달고 있었다), 아마도 비틀스의 음악을 소중하게 여겼으리란 것 정도다. 그 밖에는 아무것도 아는 게 없다.

그때는 1964년, 비틀스 열풍이 세계를 강타한 시대였다. 계절은 초가을, 새 학기가 시작되고 조금 지나서 일상생활이 차츰 자리잡혀간 즈음이다. 그녀는 학교 복도를 혼자 잰걸음으로 걷고 있었다. 치맛자락을 펄럭이면서, 어딘가 서두르는 것 같았다. 나는 오래된 학교 건물의 길고 어둑한 복도에서, 그녀와 스쳐지나 갔다. 우리 둘 말고는 아무도 없었다. 그녀는 레코드 한 장을 매우 소중한 듯이 가슴에 안고 있었다. 〈위드 더 비틀스〉라는 음반의 LP판이었다. 재킷에 쓰인, 비틀스 멤버 네 명의 얼굴이 반쯤 그림자로 가려진 흑백사진이 인상적이다. 내 기억에 그 레코드는 미국반도 아니고 국내 라이선스반도 아니고, 영국 오리지널 반이었다. 왠지 몰라도 그것 하나는 확실히 기억하고 있다.

그녀는 아름다운 소녀였다. 적어도 그때 내 눈에, 그녀는 무척 근사하고 아름다운 소녀로 비쳤다. 키는 그리 크지 않다. 새카만 긴 머리에, 다리가 가늘고, 근사한 냄새가 났다(아니, 그건 그저 내 착각인지도 모른다. 사실은 아무 냄새도 나지 않았을지 모른다. 어쨌든 내 느낌에는 그랬다. 스쳐지나갈 때 무척 근사한 냄새가 났다고). 나는 그때 그녀에게 강렬하게 이끌렸다―〈위드 더 비틀스〉LP판을 소중히 품에 안은, 이름도 모르는 아름다운 소녀에게.

심장이 딱딱해지면서 빠르게 뛰고, 숨이 가빠지고, 수영장 바닥까지 가라앉을 때처럼 주위의 소음이 사라지더니, 귓속에서 작게 종이 울리는 소리만 들렸다. 누군가 내게 중요한 의미를 가진 무언가를 서둘러 알려주려는 것처럼. 하지만 그 모든 것은 십 초 내지 십오 초 정도의 짧은 시간이었다. 느닷없이 일어났다가, 정신을 차리자 이미 끝나버린 일이었다. 그리하여 그곳에 있었을 중요한 메시지는, 모든 꿈의 핵심들과 마찬가지로 미로 속으로 사라졌다. 인생에서 중요한 사건들이 대개 그러하듯이.

고등학교 건물의 어두운 복도, 아름다운 소녀, 흔들리는 치맛자락, 그리고 〈위드 더 비틀스〉.

내가 그 소녀를 본 것은 그때뿐이었다. 그뒤로 졸업할 때까지 몇 년 동안 두 번 다시 그녀의 모습을 보지 못했다. 생각해보면 희한한 이야기다. 내가 다닌 학교는 고베의 산 위에 있는 꽤 규모가 큰 공립학교로, 한 학년에 학생이 육백오십 명쯤 되었다(이른바 '단카이 세대'*라서 어디 가든 사람이 많았다). 그러니까 재학생끼리 서로 다 알 수는 없고, 오히려 이름도 얼굴도 모르는 애가 훨씬 많았다. 하지만 그렇다 해도 매일같이 등교해 수시로 복도를 오가면서 그렇게 근사한 소녀와 그뒤로 한 번도 마주치지 않았다는 건 아무래도 이치에 맞지 않는다는 생각이 든다. 심지어 나는 복도를 걸을 때마다 혹시나 하는 마음에 늘 주위를 의식했더랬다.

그녀는 연기처럼 어딘가로 사라져버린 걸까? 어쩌면 그 초가을날 오후, 나는 실체가 없는 백일몽을 꾸었던 것일까? 아니면 어둑한 학교 복도에서 실제 모습보다 미화하는 바람에, 나중에 현실의 그녀를 마주하고도 알아보지 못한 걸까? (셋 중에서는 마지막일 가능성이 가장 높아 보인다만.)

그후로 몇 명의 여자를 만나고, 가까운 사이가 되기도 했다. 그리고 새로운 상대를 만날 때마다 나는 그때의 감각을—

---

*1948년 전후에 태어난 일본의 베이비붐 세대.

그 1964년 가을 어둑한 학교 복도에서 맞닥뜨린 빛나는 한순간을—다시 한번 내 안에 되살리기를 무의식적으로 희구했던 것 같다. 조용하게 뛰는 딱딱한 심장, 가쁜 숨, 귓속에서 들려오는 작은 종소리를.

어떤 때는 그 감각을 얻었고, 어떤 때는 좀처럼 얻기 힘들었다(안타깝게도 종이 만족스럽게 울린 적은 없다). 또 어떤 때는 손에 쥐고도 어느 갈림길에서 허무하게 놓쳐버리기도 했다. 하지만 어떤 경우건 그 재현의 감각은 내게 항상 이른바 '동경의 수준기水準器' 역할을 해왔다.

그리고 현실세계에서 그런 감각을 쉽사리 얻지 못할 때는 과거에 느꼈던 그 기억을 내 안에 조용히 소환했다. 그렇게 기억이란 때때로 내게 가장 귀중한 감정적 자산 중 하나가 되었고, 살아가기 위한 실마리가 되기도 했다. 큼직한 외투 주머니에 가만히 잠재워둔 따뜻한 새끼고양이처럼.

비틀스 이야기를 하자.

비틀스가 세계적으로 폭발적인 인기를 얻은 것은 내가 그 소녀를 보기 한 해 전이었다. 그리고 이듬해인 1964년 4월, 빌보드 차트 1위부터 5위까지 비틀스가 독점하는 사태가 벌어졌다. 물론 팝뮤직의 세계에서 전대미문의 사건이었다. 당시의 히트곡

다섯 곡을 들어보자면 이렇다.

(1) 캔트 바이 미 러브
(2) 트위스트 앤드 샤우트
(3) 쉬 러브즈 유
(4) 아이 워너 홀드 유어 핸드
(5) 플리즈 플리즈 미

싱글반 〈캔트 바이 미 러브〉는 미국에서 예약판매만으로 이백
십만 장을 돌파했다고 한다. 실물 레코드가 발매되기도 전에 이
미 더블 밀리언셀러를 달성한 셈이다.

일본에서도 물론 비틀스의 인기는 굉장했다. 라디오를 틀면
거의 어김없이 비틀스의 곡이 나왔다. 나도 동시대를 살면서 비
틀스의 많은 곡을 좋아했고, 당시 유행한 그들의 히트송을 전부
기억한다. 누가 불러보라고 하면 부를 수도 있다. 책상에 앉아
학교 공부를 하면서(혹은 하는 척하면서) 항상 라디오 음악방송
을 켜두고 있어서다.

하지만 솔직히 말해 비틀스의 열성팬이었던 적은 한 번도 없
다. 내 손으로 적극적으로 노래를 들으려고 한 적도 없다. 질리
도록 듣긴 했지만 어디까지나 수동적으로 귀에 들어와서 의식을

그대로 통과해 빠져나가는 유행음악, 파나소닉 트랜지스터라디오의 작은 스피커에서 흘러나오는 청춘시대의 배경음악에 지나지 않았다. 음악적 벽지壁紙, 라고 해도 좋을지 모른다.

고등학교 때나 대학교 때나 비틀스 음반을 돈 주고 산 적은 한 번도 없다. 당시 나는 재즈와 클래식에 심취해 있어서, 마음먹고 음악을 듣는다 싶으면 항상 그런 쪽만 들었다. 용돈을 모아 재즈 음반을 사모으고, 재즈 카페에서 마일스 데이비스나 셀로니어스 멍크의 음악을 신청했으며, 클래식 콘서트를 찾아다녔다.

내가 우연한 계기로 비틀스 음반을 내 손으로 구입하고, 나름대로 진지하게 귀기울이게 된 것은 훨씬 나중의 일이다. 그건 또 다른 이야기지만.

신기하다면 신기한 이야기인데, 내가 〈위드 더 비틀스〉라는 비틀스 앨범을 처음부터 끝까지 제대로 경청한 것은 삼십대 중반이 되어서였다. LP판을 안고 학교 복도를 걷던 소녀의 기억이 그토록 강렬히 남았음에도 불구하고, 직접 들어보려는 생각은 오랫동안 하지 않았던 셈이다. 왠지 몰라도 그녀가 소중히 안고 있던 바이닐의 홈에 어떤 음악이 새겨져 있는지는 특별히 내 흥미를 끌지 못했던 것 같다.

삼십대 중반이 되어 더는 소년이라고도 청년이라고도 할 수

없게 된 내가 그 LP를 처음 듣고 제일 먼저 한 생각은, 이것이 결코 숨이 막힐 만큼 훌륭한 음악은 아니라는 것이었다. 앨범에 수록된 열네 트랙 가운데 여섯 곡은 다른 뮤지션의 곡을 커버한 것이고, 비틀스의 오리지널 자작곡 여덟 곡도 폴이 만든 〈올 마이 러빙〉을 제외하면 특별히 명곡이라고 하기 힘들다(고 나는 생각한다). 마블레츠의 〈플리즈 미스터 포스트맨〉, 척 베리의 〈롤 오버 베토벤〉 커버는 지금 들어도 '과연 비틀스다' 싶을 만큼 훌륭한 완성도를 자랑하나, 그래봐야 커버곡이다. 싱글 히트곡을 수록하지 않고 신곡만으로 음반을 구성하려 한 비틀스의 도전정신은 나름대로 칭찬할 만하지만, 음악적인 신선함을 따지자면 거의 즉석에서 만들어진 전작인 데뷔 앨범 〈플리즈 플리즈 미〉 쪽이 오히려 내 귀에는 더 좋게 들린다.

하지만 그들의 이 세컨드 앨범은 영국에서 차트 1위에 올라 이십일 주라는 실로 긴 기간 동안 정상을 지켰다(미국에서 발매된 앨범은 영국반과 내용이 조금 바뀌고 타이틀도 〈미트 더 비틀스〉로 바뀌었지만 재킷 디자인은 거의 같다). 마치 사막을 가로질러온 이들이 신선한 물을 찾듯이 대중이 새로운 비틀스 음악의 공급을 열렬히 원했다는 점, 네 멤버의 얼굴을 반쯤 그림자로 처리한 흑백 재킷이 굉장히 인상적이었던 점이 아마 그런 달성을 가능케 했으리라.

실제로 내 마음을 단숨에 사로잡은 것도 그 재킷을 소중하게 품에 안은 한 소녀의 모습이었다. 만약 비틀스의 재킷 사진이 없었더라면 내가 느낀 매혹도 그토록 강렬하진 않았을 것이다. 그곳에는 음악이 있었다. 하지만 정말로 그곳에 있었던 것은 음악을 포함하면서도 음악을 넘어선, 더욱 커다란 무언가였다. 그리고 그 정경은 순식간에 내 마음속 인화지에 선명히 아로새겨졌다. 아로새겨진 것은 한 시대 한 장소 한 순간의, 오직 그곳에만 있는 정신의 풍경이었다.

이듬해인 1965년에 일어난 가장 중요한 사건은 존슨 미 대통령이 일명 북폭을 단행해 베트남전쟁이 갑자기 격화된 일도 아니고, 이리오모테지마에서 이리오모테산고양이가 발견된 일도 아니며, 나에게 여자친구가 생긴 일이었다. 우리는 1학년 때 같은 반이었다. 그때는 교제 상대라고 할 정도는 아니었는데, 2학년이 되면서 우연한 계기로 사귀게 되었다.

오해가 없도록 미리 밝혀두는데, 나는 잘생기지도 않았고 인기 종목 운동선수도 아니었으며 학업 성적도 아주 우수한 편은 아니었다. 노래를 잘하는 것도 아니고 말주변이 좋지도 않다. 그러니까 학창 시절이건 졸업하고 나서건 불특정 다수의 여자에게서 인기 있었던 경험은 단 한 번도 없다. 자랑할 만한 일은 아니지만, 이것은 불확실한 인생에서 내가 확신을 갖고 단언할 수 있는 몇 안 되는 사실 중 하나다. 하지만 이유는 몰라도 그런 나에게 관심을 갖고 다가와주는 여자애들이 거의 항상 어딘가에는 있었다. 학교를 예로 들면 같은 반의 한 명 정도는 그랬다. 그 애들이 나의 어떤 부분에 관심이 갔는지 혹은 호감이 생겼는지는 솔직히 짐작도 되지 않는다. 어쨌거나 나는 그애들과 더불어 나름대로 친밀하고 멋진 시간을 보낼 수 있었다. 좋은 친구가 될 때가 있는가 하면, 좀더 가까운 관계로 발전할 때도 있었다. 그녀도 그런 여자애 중 한 명이었다―아니, 실은 좀더 가까운 관계로 발전한 사람 중 처음이었다.

첫 여자친구는 몸집이 작고 차밍한 소녀였다. 그해 여름방학, 나는 일주일에 한 번은 그녀와 데이트했다. 어느 날 오후 그녀의 작고 도톰한 입술에 키스하고, 브래지어 위로 가슴을 만졌다. 그녀는 흰색 슬리브리스 원피스를 입고 있었고, 머리에서 시트러스 계열 샴푸향이 났다.

그녀는 비틀스의 음악에 거의 흥미가 생기지 않는 것 같았다. 재즈에도 관심이 없었다. 그녀가 즐겨 듣던 장르는 만토바니 오케스트라, 퍼시 페이스 오케스트라, 로저 윌리엄스, 앤디 윌리엄스, 냇 킹 콜 같은 계열의 지극히 온건한, 말하자면 중산계급적인 음악이었다(그리고 당시 중산계급적이라는 말은 결코 차별용어가 아니었다). 집에 놀러가면 그런 레코드가 많았다. 요즘 하는 말로는 이지 리스닝 음악이다. 그녀는 좋아하는 음반을 골라 턴테이블에 올리고 틀어주었다. 거실에 매우 훌륭한 대형 스테레오오디오가 있었다. 그리고 우리는 소파 위에서 키스했다. 그날 오후 가족들은 모두 어딘가로 외출했고 집에는 우리 둘뿐이었다. 그런 경우에는, 배경으로 어떤 종류의 음악이 흐른다 한들, 솔직히 아무 상관이 없었다.

1965년 여름의 기억이라면 흰색 원피스와 시트러스 계열 샴푸향. 엄청 튼튼한 와이어가 달린 브래지어의 감촉(당시의 브래지어는 속옷이라기보다 말 그대로 요새에 가까운 물건이었다), 퍼시 페이스 오케스트라가 유려하게 연주하는 〈어 서머 플레이스〉다. 지금도 이 곡이 들리면 그때의 푹신하고 커다란 소파가 머릿속에 떠오른다.

참고로 우리가 같은 반이었을 때의 담임 선생님은 몇 년 후(1968년이었지 싶다. 로버트 케네디가 암살당한 시기와 비슷했으니까) 자택 문틀에 목을 매어 죽었다. 사회 과목 선생님이었다. 사상적 막다름이 자살의 원인이었다고 한다.

사상적 막다름?

그렇다. 1960년대 후반에는 사상적 막다름으로 사람이 스스로 목숨을 끊는 일도 있었더랬다. 그렇게 자주 일어나진 않았을

지라도.

나와 여자친구가, 퍼시 페이스 오케스트라의 로맨틱하고 유려한 음악을 배경으로 여름날 오후 소파 위에서 서툴게 끌어안고 있던 순간에도, 그 사회 선생님은 죽음으로 이어질 사상의 막다른 골목을 향해, 다시 말해 침묵하는 단단한 밧줄의 매듭을 향해 한 발짝 한 발짝 나아가고 있었다고 생각하면 왠지 기분이 이상해진다. 불현듯 죄송하다는 마음마저 든다. 그는 그때까지 내가 만났던 선생님 중에서는 상당히 성실한 편에 속했기 때문이다. 결과가 좋고 나쁘고를 제쳐두고, 자신이 맡은 반 학생들을 가능한 한 공정하게 대하려고 노력했다. 개인적으로 친밀하게 대화해본 적은 한 번도 없지만, 적어도 그런 인상을 받았다.

1965년 역시 전년도와 마찬가지로 비틀스의 해였다. 1월에는 〈아이 필 파인〉, 3월에는 〈에잇 데이즈 어 위크〉, 5월에는 〈티켓 투 라이드〉, 9월에는 〈헬프〉, 그리고 10월에는 〈예스터데이〉가 빌보드차트 1위를 차지했다. 귀기울이면 거의 언제나 그들의 곡이 들려왔던 기억이 있다. 그렇다, 비틀스의 음악은 우리 주위를 구석구석 둘러싸고 있었다. 마치 꼼꼼하게 바른 벽지처럼.

비틀스의 곡이 아닐 때는 롤링스톤스의 〈새티스팩션〉, 버즈의 〈미스터 탬버린 맨〉, 템테이션스의 〈마이 걸〉, 라이처스 브라더스의 〈유브 로스트 댓 러빙 필링〉, 비치보이스의 〈헬프 미, 론다〉 등이 자주 나왔다. 다이애나 로스 앤드 더 슈프림스도 싱글을 속속 히트 차트에 올려놓았다. 파나소닉 트랜지스터라디오는 그렇게 가슴 두근거리는 근사한 곡을 쉴새없이 내 등뒤에 울려주었다. 팝 뮤직의 관점에서 보면 실로 숨막히게 멋진 해였다.

팝송이 가장 깊숙이, 착실하고 자연스럽게 마음에 스미는 시절이 인생에서 가장 행복한 시기라고 주장하는 사람도 있다. 정말로 그런지도 모른다. 혹은 그렇지 않은지도 모른다. 팝송은 그래봐야 그저 팝송일 뿐인지도 모른다. 그리고 우리의 인생은 결국, 그저 요란하게 꾸민 소모품일 뿐인지도 모른다.

그녀의 집은 내가 즐겨 듣던 고베 라디오 방송국 근처에 있었다. 아버지는 의료기기 수입인지 수출 관련 일을 했지 싶다. 자세히는 모른다. 어쨌든 자기 회사를 경영하는 사람이었는데 보아하니 나름대로 사업이 번창하는 모양이었다. 집은 바닷가에서 가까운 솔숲 안에 있었다. 옛날에는 어느 기업인의 여름 별장이었던 건물을 사들여 개축했다고 했다. 바닷바람이 여름 오후의 솔숲을 사각사각 흔들어댔다. 〈어 서머 플레이스〉를 듣기에는 최적의 환경이었는지도 모르겠다.

훨씬 나중에 가서, 〈피서지에서 생긴 일〉이라는 미국 영화를 우연히 텔레비전 심야방송으로 보았다. 트로이 도나휴와 샌드라 디가 출연한, 뻔한 패턴이지만 그럭저럭 잘 만든 할리우드 청춘 로맨스 영화다. 개봉년도는 1959년. 맥스 스타이너가 작곡한 영화 주제가를 퍼시 페이스 오케스트라가 커버해서 히트한 것이 〈어 서머 플레이스〉다. 영화에도 역시 바닷가 솔숲이 등장하고, 오케스트라의 흐른 합주에 맞춰 여름 오후 바람에 사각사각 흔들렸다. 그 영화를 보고 있으니 바람에 흔들리는 솔숲의 풍경이 전 세계 건강한 젊은이들의 고조되는 성욕의 메타포처럼 내 눈에 비쳤다. 아마 나의 개인적 견해 혹은 편견일 뿐이겠지만.

영화에서 트로이 도나휴와 샌드라 디는 그렇게 성욕의 거센 바람에 휩쓸린 결과 여러 현실적인 문제에 맞닥뜨린다. 거창한 오해에 거창한 화해가 뒤잇고, 몇 가지 장애물이 안개 걷히듯 해소되고, 두 사람은 마지막에 성공적으로 맺어지고, 결혼한다. 당시 할리우드 영화에서 해피엔드란 즉 결혼을 뜻했다. 합법적으로 성교할 수 있는 환경을 실현하는 일이다. 물론 나와 내 여자친구는 마지막 장면에서도 결혼 같은 건 하지 않았다. 우리는 아직 고등학생이었고, 그저 〈어 서머 플레이스〉를 들으며 소파 위에서 서툴게 서로를 끌어안았을 뿐이다.

"있지, 그거 알아?" 그녀가 소파 위에서 나에게 털어놓듯이 작은 목소리로 말했다. "나는 질투심이 엄청 많아."

"그렇구나." 내가 말했다.

"그거 하나는 알아뒀으면 해서."

"알았어."

"질투심이 많으면 가끔은 무척 힘들어."

나는 말없이 그녀의 머리칼을 쓰다듬었다. 그렇지만 질투심이 많다는 게 무슨 뜻인지, 그것이 어디서 찾아와 어떤 결과를 낳는지 당시 나로서는 잘 상상되지 않았다. 그보다는 내 기분과 관련된 것이 우선적으로 머릿속에 가득했던 것이다.

참고로 트로이 도나휴는 1960년대 초반 큰 인기를 구가한 미남 청춘 스타였지만, 그후 마약과 술에 빠지고 이렇다 할 작품도 만나지 못해 한때 노숙자로 전락하기도 했다. 샌드라 디도 오랫동안 알코올중독으로 고생했다고 한다. 도나휴는 당시의 인기 배우 수잰 플레셧과 1964년 결혼했다가 팔 개월 만에 이혼했고, 디는 가수 보비 대린과 1960년 결혼했다가 1967년 이혼했다. 당연히 〈피서지에서 생긴 일〉의 줄거리와는 전혀 무관하게. 또한 나와 내 여자친구가 걸어간 운명과도 무관하게.

내 여자친구에게는 오빠 한 명, 여동생 한 명이 있었다. 여동생은 중학교 2학년이었는데 언니보다 키가 5센티미터쯤 컸다. 그리고 나이에 비해 키가 너무 자란 여자애들이 대개 그렇듯이 특별히 예쁘장한 편은 아니었다. 알이 두꺼운 안경도 꼈다. 그래도 내 여자친구는 동생을 무척 예뻐하는 눈치였다. "걔는 성적이 엄청 좋아"라고 그녀는 말했다. 참고로 그녀의 성적은 좋지도 나쁘지도 않은 정도였던 것 같다. 아마 내 성적과 비슷하지 않았을까.

한번은 그 여동생까지 셋이서 영화를 보러 간 적이 있었다. 그날은 꼭 그래야 할 무슨 사정이 있었다. 〈사운드 오브 뮤직〉이라는 뮤지컬 영화였다. 영화관에 사람이 무척 많아서 활처럼 굽은 70밀리 대형 스크린을 앞자리에서 봐야 했는데, 다 보고 나니 눈쪽 근육이 욱신거렸던 기억이 난다. 그래도 여자친구는 그 뮤지컬 영화의 음악을 몹시 마음에 들어했다. 사운드트랙 음반도 사서 몇 번씩 들었다. 나는 존 콜트레인이 연주하는 예의 마술 같은 〈마이 페이버릿 싱즈〉가 더 취향에 맞았지만, 말한다고 뭐가 달라지는 것도 아니고, 그녀 앞에서 굳이 그런 말을 하지는 않았다.

여동생은 내게 별로 호의적이지 않은 듯했다. 마주칠 때마다 묘하게 무표정한 눈으로—냉장고 안쪽에 오랫동안 처박혀 있던 건어물이 아직 먹을 만한지 점검하는 듯한 눈으로—나를 보았다. 그리고 그 눈빛은 항상 내게 어딘가 켕기는 기분을 안겨주었다. 이유는 모르지만, 그애는 나를 쳐다볼 때 외모는 거의 무시하다시피 하고(하긴 그렇게 볼만한 외모도 아니었지만) 나라는 인간의 내면을 똑바로 투시하는 것처럼 느껴졌다. 그런 것도 다 실제로 내 마음에 제법 켕기는 구석이 있어서였는지 모르겠지만.

그녀의 오빠를 만난 것은 더 나중의 일이다. 그녀보다 네 살많았으니 그때 벌써 스물이 넘었을 것이다. 그녀는 오빠를 내게소개하지 않았을뿐더러 오빠에 대해 거의 아무 말도 하지 않았다. 어쩌다 오빠 이야기가 나오면 교묘하게 화제를 돌렸다. 나중에 생각해보면 약간 부자연스러운 태도였던 것 같다. 그렇지만딱히 신경쓰이지 않았다. 그녀의 가족이 특별히 궁금한 것도 아니고, 그녀와 관련된 내 관심은 좀 다른 종류의 절실한 사안을향해 있었으니까.

그녀의 오빠를 처음 만나 대화한 것은 1965년 가을이 끝나갈무렵이었다.

일요일, 여자친구 집으로 데리러 갔다. 대개는 도서관에서 같이 공부한다는 핑계를 대고 밖에서 데이트하곤 했다. 그래서 나는 숄더백 안에 소위 학용품이라 할 만한 것을 한 세트 넣어 다녔다. 초보 범죄자가 꾸미는 서투른 알리바이처럼.

그날 아침은 현관에서 아무리 초인종을 눌러도 답이 없었다. 잠깐 기다렸다가 몇 번 더 누르자 이윽고 안에서 느긋한 발소리가 들렸다. 드디어 누군가가 문을 열어주었다. 그녀의 오빠였다.

키는 나보다 약간 크고, 굳이 말하자면 덩치가 있는 편이었다. 뚱뚱하다고 할 정도는 아니고, 운동선수가 피치 못할 사정으로 한동안 운동을 중단해서 별수없이 불필요한 살이 여기저기 붙어버린 듯한, 어딘가 잠정적으로 살쪘다고 할 만한 느낌이다. 넓은 어깨에 비해 목은 가늘고 길었다. 막 일어났는지 머리가 마구 헝클어져 있었다. 머리카락이 뻣뻣한 편인지 사방으로 기세 좋게 뻗쳐 있었다. 귀를 덮을 만큼 길게 자란 것이, 이발소에 갈 시기를 적어도 이 주일은 넘겨버린 것처럼 보였다. 목 부분이 늘어난 라운드넥 남색 스웨터에, 무릎이 튀어나온 회색 스웨트팬츠 차림이었다. 항상 단정한 머리에 옷차림도 깔끔한 내 여자친구와는 실로 대조적이다.

그는 눈이 부신지 실눈을 뜨고 잠시 나를 바라보았다. 마치 오랜만에 햇빛 아래로 기어나온, 털이 거친 동물처럼.

"으음, 아마 사요코 친구겠지?" 내가 뭐라고 말하기도 전에 그는 그렇게 말했다. 그러고는 헛기침을 한 번 했다. 잠이 덜 깬 목소리였지만 내가 느끼기에는 약간의 호기심이 담긴 듯했다.

"네, 맞아요." 나는 이름을 댔다. "열한시에 데리러 오기로 했는데요."

"사요코 없는데, 지금." 그가 말했다.

"없어요?" 나는 그의 말을 되풀이했다.

"응, 어디 간 모양인데. 집엔 없어."

"그렇지만 오늘 열한시에 집으로 데리러 오기로 약속을 했는데요."

"그래?" 오빠는 말했다. 그러고는 시계를 보려는 듯이 옆쪽 벽을 올려다보았다. 그런데 어째서인지 그쪽에는 시계가 없었다. 하얀 회반죽을 바른 벽이 있을 뿐이다. 하는 수 없이 그는 내게로 시선을 돌렸다. "그랬나본데, 아무튼 지금은 집에 없어."

어떻게 해야 할지 알 수 없었다. 어떻게 해야 할지 오빠 쪽도 잘 모르는 눈치였다. 천천히 하품을 하더니 뒷머리를 긁적였다. 동작 하나하나가 어딘지 모르게 느긋했다.

"지금은 집에 아무도 없는 것 같은데." 그가 말했다. "방금 일어나보니 나 말고 아무도 없네. 다들 나가버린 모양인데, 어디 갔는지는 잘 모르겠어."

나는 잠자코 있었다.

"아버지는 골프 치러 갔나. 여동생 둘은 어디 놀러 나갔을 테고. 근데 엄마마저 없는 건 좀 이상해. 평소에는 이런 적이 없는데 말이야."

나는 의견 표명을 삼갔다. 남의 집 얘기다.

"그래도 너랑 약속했으면, 사요코는 곧 들어오겠지." 오빠가 말했다. "들어와서 기다려."

"번거로우실 텐데, 근처에서 시간 보내다가 다시 올게요." 내가 말했다.

"아니, 전혀 안 번거로워"라고 그는 단호히 말했다. "또 초인종 울려서 문 열어주러 나오는 게 훨씬 귀찮지. 괜찮으니까 들어와서 기다려."

별수없이 집안으로 들어가자 그는 나를 거실로 데려갔다. 여름에 그녀와 끌어안고 있던 소파가 놓인 거실이다. 나는 그 소파에 앉았다. 오빠는 맞은편 안락의자에 앉았다. 그리고 또 한참 동안 천천히 하품을 했다.

"사요코 친구지?" 오빠가 사실관계를 확인하듯이 한번 더 물었다.

"네." 나는 한번 더 똑같은 대답을 했다.

"유코 친구 아니고?"

나는 고개를 가로저었다. 유코는 키 큰 여동생 이름이다.

"사요코랑 만나는 게 재미있어?" 오빠는 신기하다는 듯이 내 얼굴을 보면서 물었다.

뭐라고 해야 할지 몰라서 나는 잠자코 있었다. 하지만 그는 대답을 계속 기다렸다.

"즐거운 것 같아요"라고, 겨우 그럴듯한 말을 찾아내 대답했다.

"즐겁지만, 재미있지는 않다?"

"아뇨, 그런 뜻이 아니라······" 입을 열었지만 말이 제대로 이어지지 않았다.

"뭐, 됐다." 오빠가 말했다. "재미있으나 즐거우나 그게 그거지. 근데 아침은 먹었어?"

"먹었습니다."

"난 토스트 구워 먹으려는데, 안 먹을래?"

"아뇨, 됐습니다."

"정말?"

"정말요."

"커피는?"

"괜찮습니다."

커피는 가능하다면 마시고 싶었지만 그녀의 가족에게—더욱이 그녀가 없는 자리에서—더이상 깊이 관여하는 것이 어쩐지 내키지 않았다.

그는 아무 말 없이 자리에서 일어나 그대로 거실을 나갔다. 아마 아침을 차리러 부엌으로 갔으리라. 이윽고 집 안쪽에서 달그락달그락 그릇이나 컵 부딪치는 소리가 들려왔다. 나는 혼자 소파에 앉아 양손을 무릎에 올려놓고, 누가 보더라도 괜찮을 자세를 취한 채 그녀가 어딘가에서 돌아오기를 조용히 기다렸다. 시계는 열한시 십오분을 가리키고 있었다.

정말로 오늘 열한시에 데리러 오기로 약속했는지, 다시 한번 기억을 더듬어보았다. 아무리 생각해도 약속 장소와 일시는 틀림없었다. 바로 전날 밤 통화하면서 확인까지 했다. 더욱이 그녀는 만날 약속을 무책임하게 잊어버리거나 깨버리는 타입이 아니었다. 게다가 일요일 아침, 오빠만 혼자 남겨놓고 가족 모두가 사라졌다는 것도 뭔가 이상한 이야기였다.

사정을 모르는 채 나는 그저 가만히 앉아 묵묵하게 시간을 보냈다. 시간은 무섭도록 느리게 흘렀다. 안쪽 부엌에서 이따금 소리가 들려왔다. 수돗물 트는 소리, 숟가락으로 뭔가를 달그락거리며 휘젓는 소리, 찬장 같은 것을 여는 소리, 닫는 소리. 그 밖에는 아무 소리도 들리지 않았다. 바람도 불지 않고 개도 짖지 않았다. 침묵이 눈에 보이지 않는 진흙처럼 내 귓속을 천천히 채워나갔다. 그래서 몇 번이나 침을 삼켜야 했다.

가능하다면 음악을 듣고 싶었다. 〈어 서머 플레이스〉 〈에델바이스〉 〈문 리버〉, 뭐든 상관없다. 따질 때가 아니다. 뭐든 나오기만 하면 되는데, 하고 생각했다. 하지만 남의 집 오디오를 마음대로 만질 수는 없다. 뭐 읽을거리가 없을까 싶어 주위를 둘러봤지만 신문이고 잡지고 하나도 눈에 띄지 않았다. 나는 내 숄더백 안을 뒤져보았다. 하필 그날따라 깜빡하고 책을 넣어오지 않은 모양이었다. 원래는 읽다 만 문고본을 한 권쯤 가지고 다니는데.

그나마 찾아낸 읽을거리를 들자면 '현대국어' 교과서 부독본 정도였다. 할 수 없이 그거라도 꺼내 훌훌 넘겨보았다. 나는 '독서가' 소리를 들을 만큼 체계적으로 치밀하게 책을 읽어온 사람은 아니지만, 활자를 읽지 않고는 시간을 잘 보내지 못하는 부류에 속한다. 아무것도 하지 않고 가만히 앉아 있기란 불가능하다. 책장을 넘기거나 혹은 음악을 듣거나, 아무래도 그런 작업이 필요하다. 책이 없으면 손에 잡히는 인쇄물을 뭐든 읽는다. 전화번호부도 읽고, 스팀다리미 취급설명서도 읽는다. 그에 비하면 '현대국어' 부독본은 상당히 훌륭한 읽을거리다.

적당한 부분을 펼치고 실려 있는 소설이며 수필을 읽어나갔다. 외국 작가 작품도 몇 편 있지만 거의 일본 근현대 작가의 작품으로, 아쿠타가와 류노스케, 다니자키 준이치로, 아베 고보 등의 유명한 작품이 실려 있었다. 그리고 각 작품—짧은 것을 제외하고는 태반이 발췌문이었지만—마지막에 몇 가지 질문이 달려 있었다. 대부분은 으레 그렇듯 이렇다 할 의미가 없는 질문들이다. '의미 없는 질문'이란, 답의 옳고 그름을 논리적으로 판정하기 힘든(혹은 판정할 수 없는) 질문을 말한다. 작품을 쓴 작가 본인조차 과연 판정할 수 있을지 의심스러운 것들이다.

이를테면 '이 글에 드러난 작가의 전쟁에 대한 시각은 어떠한가?'라든가, '달의 참과 이지러짐에 대한 작가의 이 같은 묘사는 어떤 상징 효과를 만들어내는가?' 같은 것이다. 이런 건 대답하려고 들면 어떻게든 대답할 수 있다. 달의 참과 이지러짐에 대한 묘사는 어디까지나 달이 차고 이지러지는 것에 대한 묘사일 뿐 아무런 상징 효과도 만들어내지 않는다, 라는 답이 틀렸다고는 아무도 단언할 수 없을 것이다. 물론 '비교적 이치에 맞는 답' 같은 것이 최대공약수처럼 존재하겠지만, 문학에서 비교적 이치에 맞는다는 것이 과연 미덕인지는 의문의 여지가 있다.

그래도 나는 시간을 죽일 셈으로 질문의 답을 하나하나 머릿속으로 작성해나갔다. 그리고 아무래도 내 머리―정신적 자립을 목표로 나날이 번민하며 성장하는 과정에 있는―에 떠오르는 답은 '비교적 이치에 맞지는 않지만 결코 틀렸다고도 할 수 없는' 부류가 많았다. 그런 경향도 어쩌면 내가 성적을 좀더 끌어올리지 못하는 원인 중 하나인지 모른다.

그러는 사이 오빠가 거실로 돌아왔다. 머리카락은 여전히 사방으로 기세 좋게 뻗쳐 있었다. 하지만 아침을 먹은 덕인지 눈은 이제 그렇게 졸려 보이지 않았다. 손에는 마시던 커피를 들고 있었다. 큼직한 흰색 머그잔이었다. 잔에는 1차대전 당시의 복엽전투기 그림이 인쇄되어 있었다. 조종석 앞에 기관총이 두 정 달려 있다. 아마 그의 전용 잔이리라. 여자친구가 저런 걸로 뭘 마신다고는 도저히 상상할 수 없었으니까.

"정말 커피 필요 없어?" 그가 말했다.

나는 고개를 가로저었다. "네, 괜찮습니다. 정말로."

그의 스웨터 가슴께에 빵 부스러기가 붙어 있었다. 스웨트팬츠 무릎 쪽에도. 어지간히 배가 고파서 부스러기가 떨어지건 말건 호쾌하게 토스트를 베어먹었나보다. 그런 부분도 분명 여자친구의 신경에 거슬릴 거라고 상상했다. 그녀는 항상 깔끔한 차림으로 다니는 사람이었으니까. 나도 깔끔하게 입기를 좋아하는 편이었으니, 그 점에서 우리는 비교적 잘 맞았다고 생각한다.

오빠가 벽 위쪽을 쳐다보았다. 이번에는 아닌 게 아니라 그쪽에 시계가 있었다. 시곗바늘이 거의 열한시 반을 가리키고 있었다.

"아직 안 올 모양인데. 뭐야, 대체 어디서 뭘 하는지." 그가 말했다.

그 문제에 대해서도 나는 아무 말 하지 않았다.

"뭐 읽어?" 그가 내가 들고 있는 책을 가리키며 물었다.

"현대국어 부독본요."

"흐음." 그가 얼굴을 조금 찌푸리고 말했다. "재미있어?"

"특별히 재미있지는 않지만, 다른 읽을거리가 없어서요."

"한번 보여줘봐."

낮은 탁자 너머로 책을 건넸다. 그는 왼손에 잔을 쥔 채 오른손으로 책을 받아들었다. 커피가 책에 흐르지 않을까 나는 걱정

되었다. 어디로 보나 흘릴 것 같은 분위기였다. 하지만 흘리진 않았다. 그는 잔을 유리 탁자 위에 소리나게 내려놓고, 양손으로 책을 들고 책장을 팔락팔락 넘겼다.

"그래서, 이중에 뭘 읽고 있었는데?"

"지금 읽던 건 아쿠타가와의 「톱니바퀴」예요. 전문은 아니고 일부만 실렸지만요."

그는 조금 생각하는 눈치였다. "「톱니바퀴」는 제대로 읽어본 적이 없네. 「갓파」는 한참 옛날에 읽어봤지만. 「톱니바퀴」면, 꽤 어두운 이야기 맞지?"

"네, 아무래도 죽기 직전에 쓴 글이니까요."

"아쿠타가와는 자살했지?"

"네." 내가 말했다. 아쿠타가와는 서른다섯 살에 음독자살했다. 「톱니바퀴」는 쇼와 2년*, 작가 사후에 발표되었다─라고 부독본 해설에 적혀 있었다. 거의 유서에 가까운 작품이다.

"흐음." 여자친구의 오빠는 말했다. "그거, 좀 읽어주지 않겠어?"

나는 놀라서 상대의 얼굴을 보았다. "소리내어 읽으라고요?"

"응. 옛날부터 누가 책 읽어주는 걸 좋아하거든. 직접 글자를

---

* 1927년.

읽는 건 잘 못해서."

"저도 낭독은 잘 못하는데요."

"상관없어. 못 읽어도 돼. 그냥 소리내서 순서대로 읽어주면
돼. 어차피 우리 둘 다 당장은 할일도 없는 것 같고."

"무척 신경질적이고, 기분이 우울해지는 이야기인데요." 내가
말했다.

"가끔은 그런 이야기도 들어보고 싶어. 불은 불로 다스린다,
뭐 그런 말도 있잖아."

그는 탁자 너머로 책을 돌려주고, 독일군 십자 마크가 달린 복
엽전투기가 그려진 잔을 들어 커피를 한 모금 마셨다. 그러고는
의자에 몸을 깊숙이 묻고 낭독이 시작되기를 기다렸다.

그리하여 그 일요일 아침, 여자친구의 좀 별난 오빠를 위해,
나는 아쿠타가와 류노스케의 「톱니바퀴」 일부를 낭독하게 되었
다. 하는 수 없이, 그래도 얼마간 성의를 담아서. 내가 읽은 부
분은 '비행기'라는 제목이 붙은 마지막 부분이었다. 부독본에는
'적광赤光'과 '비행기' 두 부분이 실려 있었는데, 그중 '비행기'만
읽었다. 쪽수로 치면 여덟 쪽 정도. 마지막 문장은 "누구 내가 잠
든 사이 가만히 목을 졸라 죽여줄 사람은 없는가?"였다. 이 글을
쓰고 나서 아쿠타가와는 자살했다.

마지막 문장을 읽은 뒤에도 여자친구 가족들은 아무도 돌아오지 않았다. 전화도 울리지 않고, 까마귀 우는 소리도 들리지 않았다. 주위는 쥐죽은듯이 조용했다. 레이스 커튼 사이로 가을햇살이 새어들어 거실을 환히 비추었다. 오직 시간만이 도도하게, 그러나 착실하게 전진하고 있었다. 여자친구의 오빠는 마지막 문장의 여운을 음미하듯이 팔짱을 낀 채 한동안 눈을 감고 있었다.

나는 이제 이 뒤를 이어 써갈 힘이 없다. 이런 기분 속에서 살아 있는 것은 뭐라 말할 수 없는 고통이다. 누구 내가 잠든 사이 가만히 목을 졸라 죽여줄 사람은 없는가?

호오를 떠나, 화창한 일요일 아침 낭독하기에 적합한 작품이 아니라는 건 분명하다. 나는 책을 덮고 벽시계를 보았다. 열두시를 조금 넘긴 참이었다.

"아마 무슨 오해가 있었나봐요. 일단 오늘은 이만 가보겠습니다." 내가 말했다. 그리고 소파에서 일어나려 했다. 식사시간에 남의 집을 찾아가서는 안 된다는 말을 어릴 때부터 엄마에게서 귀에 못이 박히도록 들어왔다. 그런 것은 반사적인 습관처럼, 좋건 나쁘건 몸에 배어버린다.

"아, 이왕 온 거 삼십 분만 더 기다려보지 그래?" 오빠가 말했다. "삼십 분 지나서도 안 오면 그때 가면 되지."

그 말이 묘하게 명료하게 느껴져서 나는 일어나려다 말고 도로 앉았다. 그리고 양손을 다시 무릎 위에 올려놓았다.

"낭독 잘하네." 그가 감탄한 듯 말했다. "그런 말 많이 듣지 않아?"

나는 고개를 가로저었다. 낭독을 잘한다는 말은 지금껏 한 번도 들어본 적 없다.

"내용을 잘 이해하지 않고는 좀처럼 그렇게 읽기 힘들어. 특히 끝부분이 좋았어."

"네에." 나는 애매모호하게 대답했다. 뺨이 살짝 붉어지는 게 느껴졌다. 칭찬받을 일이 아닌데도 엉뚱하게 칭찬받는 것 같아 어쩐지 마음이 편치 않았다. 하지만 분위기상 앞으로 삼십 분은 꼼짝없이 그의 이야기 상대가 되어야 할 모양이었다. 이 사람은 분명 누군가 대화할 상대가 필요한 것이리라.

그는 기도하듯 두 손을 앞으로 모아 맞대고 뜬금없이 말했다. "이상한 질문인데, 혹시 기억이 끊긴 적 있어?"

"기억이 끊겨요?"

"응, 그러니까 어느 시점부터 그다음 어느 시점까지, 자기가 어디서 뭘 했는지 전혀 기억 못하는 그런 거."

내가 고개를 가로저었다. "없는 것 같은데요."

"자기가 한 일을, 시간 순서대로 다 기억해?"

"일단은 최근에 생긴 일이면 대체로 다 기억나는 것 같아요."

"흐음." 그는 한동안 뒷머리를 벅벅 긁었다. 그러고는 말했다. "하긴 보통은 그럴 테지."

나는 잠자코 다음 말을 기다렸다.

"사실은, 나는 기억이 통째로 날아가버린 경험이 몇 번 있거든. 이를테면 오후 세시에 갑자기 기억이 끊겨서, 정신을 차려보니 오후 일곱시고, 그 네 시간 동안 내가 어디서 뭘 했는지 전혀 생각이 안 나는 뭐 그런 거야. 그렇다고 무슨 특별한 사연이 있는 것도 아냐. 예를 들어 어디서 머리를 세게 부딪혔다거나, 술 마시고 만취했다거나. 그런 것도 아닌데 그냥 멀쩡히 생활하다가 갑자기 어느 시점에 기억이 훅 사라진다니까. 그리고 언제 그럴지 스스로도 예측을 못해. 기억이 사라진 상태가 몇 시간, 며칠이나 이어졌는지도 모르고."

"그렇군요." 나는 일단 맞장구를 쳤다.

"예를 들어 네가 테이프리코더로 모차르트의 교향곡을 녹음했다고 생각해봐. 다시 들어보는데 2악장 중간 어디쯤부터 3악장 중간까지 소리가 안 나. 통째로 싹 사라진 거야. 사라진다는게 소리 없는 공백이 이어지는 게 아니라, 그냥 퐁 날아간다고. 오늘 다음날이 모레였다, 뭐 그런 식으로. 뭔지 알겠어?"

"대충은요." 내가 불확실한 목소리로 말했다.

"음악이면 불편하기는 해도 실제로 크게 피해 보는 건 없겠지만, 그런 일이 일상생활에서 일어나면 이건 뭐 상당히 성가셔진다……는 건 알겠지?"

나는 고개를 끄덕였다.

"달 뒷면까지 갔다가 빈손으로 돌아오는 것과 비슷하지."

나는 다시 한번 고개를 끄덕였다. 그 비유의 의미는 잘 와닿지 않았지만.

"이게 유전적 질환 때문이라는데, 나처럼 증세가 뚜렷한 경우는 드물지만 몇만 명에 한 명쯤은 선천적으로 그럴 수 있다더라고? 개인차가 있긴 해도. 중3 때 대학병원 정신과에 가서 상담 받았거든. 엄마한테 끌려가서. 정식 병명도 있어. 누구 놀리나 싶게 복잡해서 진즉에 잊어버렸지만. 그런 병명은 누가 짓나 몰라."

그는 잠깐 뜸을 들였다가 다시 입을 열었다.

"요컨대 기억의 배열이 흐트러지는 질환이야. 기억의 일부가—아까 든 비유로 말하자면 모차르트 교향곡의 일부가—엉뚱한 서랍에 들어가버리는 거지. 그리고 한번 그 엉뚱한 서랍에 들어가면 다시 찾아내기가 엄청나게 어렵다, 사실상 불가능해진다, 뭐 그렇게 설명하더라고. 생명에 지장이 있거나 머리가 점점

이상해지거나 하는 심각한 질병은 아니지만, 일상생활에서는 불편한 데가 있지. 아무튼 뭐라뭐라 하는 병이라 진단하고 매일 먹는 약을 주긴 했는데, 그런 게 효과가 있을라고. 그냥 일시적 위안이야."

내 여자친구의 오빠는 그쯤에서 일단 입을 다물고, 자기 이야기를 잘 알아듣는지 확인하듯 내 얼굴을 가만히 바라보았다. 창문 너머로 집안을 들여다보는 것처럼. 그러고는 말했다.

"지금은 일 년에 한두 번이니 그렇게 자주 그러는 건 아니지만, 그래도 문제는 횟수가 아니거든. 문제는 그런 증세가 있으면 현실생활에 구체적인 지장이 생긴다는 거야. 아무리 가끔이라지만 실제로 내 머릿속에 기억상실이 생긴다는 거, 게다가 그게 언제 생길지 모른다는 건 본인으로서는 굉장히 곤란한 일이지. 너도 뭔지 알겠지?"

"네에"라고 애매모호하게 대답했다. 나는 빠르게 쏟아지는 이 기묘한 신상 이야기를 따라가기만도 벅찼다.

"예를 들어 그렇게 됐을 때, 다시 말해 기억이 툭 끊겼을 때, 혹시라도 내가 이따만한 쇠망치를 들고 나와서 누구 머리를 맘에 안 든다고 홱 내리친다면, 그건 절대 '죄송하게 됐습니다' 정도로 넘어갈 문제가 아니란 말이야?"

"그렇겠죠."

"당연히 경찰서 가고도 남을 일인데, 내가 '사실은 그때 기억이 없어요'라고 설명한들 누가 믿어주겠느냐고."

나는 애매모호하게 고개를 끄덕였다.

"사실 나한테도 맘에 안 드는 놈이 몇 명은 있거든. 짜증나는 인간 말이야. 아버지도 뭐 그중에 한 사람이지. 그래도 제정신일 때는 아버지 머리를 쇠망치로 때릴 생각을 하진 않잖아. 아무래도 억제하기 마련이니까. 하지만 기억이 끊겼을 때 과연 무슨 짓을 할지는 본인도 잘 모르는 법이거든."

나는 의견을 보류하고 고개를 살짝 갸웃했다.

"의사 말이 그럴 위험은 없다나. 기억이 날아간 사이에 누가 내 인격을 가로채거나 하는 건 아니래. 다중인격이라든가, 지킬 박사와 하이드 씨처럼. 나는 언제나 나야. 기억이 사라진 사이에도 나는 나처럼, 그냥 평소처럼 행동한대. 단지 녹음된 부분이 2악장 중간부터 3악장 중간까지 획 건너뛸 뿐이야. 그러니까 그사이 내가 쇠망치를 들고 나와서 누구한테 휘두를 일은 절대로 없어. 나는 나이고, 항상 자제하면서 대체로 상식적인 행동을 한다고. 모차르트가 갑자기 스트라빈스키가 될 리 없잖아. 모차르트는 일관되게 모차르트고, 그저 그 일부가 결과적으로 엉뚱한 서랍에 섞여 들어갔을 뿐이지."

그는 입을 다물고, 복엽전투기가 그려진 잔을 들어 커피를 또한 모금 마셨다. 가능하다면 나도 커피를 한 모금 마시고 싶었다.

"그래도 말이야, 이런 것도 어차피 다 의사가 하는 얘기잖아. 의사 말을 어디까지 믿을 수 있을지 알 게 뭐야. 고등학교 때는, 나도 모르는 사이에 반 친구 머리를 쇠망치로 후려치지나 않을지 보통 걱정되는 게 아니었거든. 그만할 때는 안 그래도 자기 자신을 잘 모르잖아. 땅속 토관에서 사는 거나 다름없는 시기지. 그걸로도 모자라서 기억상실 같은 골치 아픈 문제가 얽히면, 이건 뭐 답이 없지. 안 그래?"

나는 잠자코 고개를 끄덕였다. 하긴 그럴지도 모른다.

"그러저러해서, 학교에 잘 안 나가게 됐어"라고 여자친구의 오빠는 말을 이었다. "생각하면 할수록 스스로가 무서워져서 갈 수가 없더라고. 그래서, 내가 처한 특수한 사정을 엄마가 선생님한테 설명하고, 출석 일수가 많이 부족했지만 학교측에서 어찌어찌 특례를 적용해서 졸업시켜줬어. 학교 쪽도 아마 이렇게 골치 아픈 문제가 있는 학생은 얼른 내보내고 싶었겠지. 하지만 대학은 안 갔어. 성적이 그렇게 형편없진 않았으니까 어디든 들어갈 수는 있었겠지만, 아직 밖에서 뭘 하고 다닐 자신이 없더라고. 그뒤로 이렇게 집에 틀어박혀서 빈둥거리고 있어. 고작해야 집 주변에서 개 산책시키는 정도고, 밖에 거의 안 나가. 그래도 요즘에는 공포심 같은 건 많이 없어진 느낌이야. 이대로 좀더 안

정되면 어디 대학이라도 들어갈 테지만⋯⋯"

그는 거기서 입을 다물었다. 나도 잠자코 있었다. 무슨 말을 어떻게 해야 할지 잘 몰랐으므로. 여자친구가 오빠 이야기를 잘 하지 않으려는 이유를 알 것 같기도 했다.

그가 말했다. "책 읽어줘서 고마워. 「톱니바퀴」는 상당히 좋았 어. 어둡기는 한데 군데군데 은근히 마음에 와닿는 말들이 있었 어. 정말 커피 필요 없어? 금방 내리는데."

"네, 정말 괜찮습니다. 슬슬 가보려고요."

그가 다시 벽시계를 보았다. "열두시 반까지 기다려도 아무도 안 오면 가봐. 난 2층 내 방에 있을 건데, 나갈 때는 그냥 나가면 돼. 나 신경쓰지 말고."

나는 고개를 끄덕였다.

"사요코랑 만나는 게 재미있어?" 여자친구의 오빠가 다시 한 번 내게 물었다.

나는 고개를 끄덕였다. "재미있어요."

"어떤 부분이?"

"제가 모르는 부분이 많아서요"라고 대답했다. 꽤 솔직한 대 답이었다고 생각한다.

"흐음." 그는 생각에 잠긴 듯이 말했다. "하긴 그럴 수 있겠네. 나는 그애랑 혈육이고, 부모님 유전자도 나눠 가졌고, 태어나서 지금까지 한 지붕 아래 살고 있는데도 여전히 모르는 게 산더미거든. 뭐랄까, 동생이라는 인간이 어떻게 구성돼 있는지를 잘 모르겠어. 그러니까 가능하다면 네가 대신 알아줬으면 해. 뭐, 개중에는 계속 모르는 편이 좋을 것도 있겠지만."

그가 머그잔을 들고 의자에서 일어났다.

"아무튼, 잘해봐." 여자친구의 오빠가 말했다. 그러고는 잔을 들지 않은 손을 휘휘 흔들고 거실을 나갔다.

"고맙습니다." 내가 말했다.

열두시 반이 지나도 아무도 돌아올 기미가 없길래 혼자 현관에 나가서 운동화를 신고 집을 나왔다. 솔숲 앞을 지나 역으로 걸어가서 마침 도착한 전철을 타고 집으로 돌아왔다. 불가사의할 만큼 조용한 가을의 일요일 오후였다.

두시 지나서 여자친구가 전화를 걸어와 "집에 데리러 오기로 한 건 다음주 일요일이었잖아"라고 말했다. 영 이해가 안 되었지만 그녀가 그렇게 확신하는 걸 보면 아마 맞을 것이다. 내가 일정을 깜빡 착각한 것이리라. 나는 이번주인 줄 알고 집으로 데리러 간 것을 순순히 사과했다.

하지만 그녀가 돌아오기를 기다리는 동안 오빠와 단둘이 대화했다는 건—대화라기보다 거의 내가 일방적으로 듣기만 했지만—굳이 말하지 않았다. 아쿠타가와 류노스케의 「톱니바퀴」를 낭독해준 것도, 간헐적으로 기억을 상실하는 질병이 있다고 본인이 직접 말해줬다는 것도. 분명 덮어두는 편이 좋을 것 같아서였다. 그리고, 오빠 쪽도 내 여자친구에게 그 이야기를 하지 않았으리라는 어떤 직감 같은 것이 있었다. 만일 그가 그 이야기를 동생에게 하지 않았다면, 내가 그녀에게 이야기해야 할 이유도 아마 없을 것이다.

여자친구의 오빠를 다시 만난 것은 그로부터 십팔 년쯤 뒤의 일이었다. 10월 중순이다. 그때 나는 서른다섯 살이고, 아내와 둘이 도쿄에 살고 있었다. 도쿄에서 대학을 졸업하고 그대로 눌러앉았는데, 일이 바빠져서 고베에는 거의 내려가지 못하고 있었다.

나는 수리를 맡긴 손목시계를 찾으려고 늦은 오후 시부야의 언덕길을 오르고 있었다. 멍하니 생각에 빠져 걷고 있는데, 스쳐지나가던 한 남자가 등뒤에서 말을 걸었다.

"저기, 실례하겠는데요." 그가 말했다. 틀림없이 간사이 지방 억양이었다. 발을 멈추고 돌아보니 처음 보는 남자가 서 있었다. 나이는 나보다 약간 많을까. 키도 나보다 조금 크다. 두툼한 회색 트위드재킷에 크림색 라운드넥 캐시미어 스웨터, 밤색 치노

팬츠 차림이다. 짧게 깎은 머리에, 어디로 보나 운동선수처럼 탄탄한 체형이었다. 피부는 보기 좋게 그을렸고(딱 골프 치는 사람처럼 보였다), 다소 투박한 인상이지만 전체적으로 이목구비가 뚜렷했다. 핸섬하다고 해도 큰 문제 없을 것이다. 기본적으로 여유 있는 생활을 누리는 듯한 분위기가 엿보였다. 가정환경도 좋으리라.

"이름이 기억 안 나는데, 혹시 그쪽이, 내 여동생의 예전 남자친구가 아닌가 해서요." 그가 말했다.

나는 그의 얼굴을 다시 한번 바라보았다. 처음 보는 얼굴이다.

"여동생요?"

"사요코." 그가 말했다. "고등학교 때, 둘이 같은 반이었다고 했는데."

나는 그때, 남자의 크림색 스웨터 가슴께에서 토마토소스 같은 작은 얼룩을 발견했다. 무척 말쑥한 차림이었는데 그래서 더욱 그 스웨터의 얼룩이 한결 이질적으로 비쳤다. 목깃이 늘어난 남색 스웨터 가슴께에 요란하게 빵 부스러기를 묻힌, 졸린 눈의 스물한 살 청년을 퍼뜩 떠올렸다. 그런 버릇이나 습관은 세월이 흘러도 좀처럼 고쳐지지 않는 법이다.

"생각났습니다." 내가 말했다. "사요코의 오빠시군요. 한 번 댁에서 뵈었죠."

"맞아, 그때 나한테 아쿠타가와의「톱니바퀴」를 읽어줬지."

내가 웃었다. "이런 인파 속에서 용케 알아보셨네요. 딱 한 번, 게다가 한참 예전에 만났었는데."

"내가 원래 한 번 만난 사람 얼굴은 절대 안 잊어버리거든. 그런 쪽의 기억력이 옛날부터 엄청 좋아. 게다가 자네는 그때랑 달라진 데가 거의 없어 보이는걸."

"그쪽은 상당히 바뀌신 것 같네요." 내가 말했다. "왠지 인상이 달라요."

"뭐, 많은 일이 있었지." 그가 웃으면서 말했다. "잘 알다시피 한때는 상당히 꼬였더랬지만."

"사요코는 어떻게 지내나요?" 내가 물었다.

그는 조금 난처한 듯 시선을 옆으로 피하고, 천천히 심호흡을 한 번 했다. 꼭 주위의 공기 밀도를 측정하는 것처럼.

"이렇게 복잡한 길 한복판에 서서 얘기하기도 그러니까, 잠깐 어디 좀 들어가지 않겠어? 혹시 급한 일이 없다면." 그가 말했다. 특별히 바쁜 볼일은 없다고 내가 말했다.

"사요코는 떠났어." 그가 조용히 말을 꺼냈다. 우리는 가까운 커피숍에, 플라스틱 테이블을 사이에 두고 앉아 있었다.

"떠나요?"

"죽었어. 삼 년 전에."

나는 잠시 말을 잃었다. 입안에서 혀가 점점 부풀어올라 커져가는 감촉이 느껴졌다. 고인 침을 삼키려 했지만 잘되지 않았다.

마지막으로 사요코를 만났을 때, 그녀는 스무 살이었다. 막 운전면허를 따고서 나를 도요타 크라운 하드톱(그녀의 아버지 차였다)에 태워, 롯코산* 위로 데려가주었다. 운전 실력은 아직 미덥지 못했지만 그래도 핸들을 잡은 모습이 몹시 행복해 보였다. 카스테레오 라디오에서는 역시 비틀스의 노래가 흘러나왔다. 또렷이 기억한다. 〈헬로, 굿바이〉라는 곡이었다. '너는 굿바이라 말하고, 나는 헬로라 말하네.' 앞서 말했듯이 그들의 음악은 그 시절의 우리를 마치 벽지처럼 구석구석 에워싸고 있었다.

그런 그녀가 죽어서 재가 되어 이미 이 세상 어디에도 존재하지 않는다는 것을, 나는 선뜻 받아들이기 힘들었다. 그것은, 뭐라고 표현하면 좋을까, 지극히 비현실적인 일처럼 느껴졌다.

"죽다니, 왜요?" 나는 메마른 목소리로 물었다.

"자살했어." 그는 신중하게 표현을 골라가며 말을 이었다. "스물여섯 살 때 다니던 손해보험회사 동료와 결혼해서 아이도 둘 낳았는데, 그뒤에 스스로 목숨을 끊었어. 아직 서른두 살이었

---

* 효고현 고베시 북부에 있는 산.

114

는데."

"아이들을 남기고요?"

여자친구의 오빠가 고개를 끄덕였다. "큰애가 아들, 둘째가
딸. 지금은 남편이 혼자 키워. 나도 자주 보러 가고. 애들이 착
해."

나는 그 사실이 여전히 통 받아들여지지 않았다. 그녀가, 한때
의 내 여자친구가, 아직 어린 두 아이를 남기고 자살했다?

"왜 그랬을까요?"

그는 고개를 가로저었다. "그게 말이지, 아무도 이유를 몰라.
당시에 특별히 고민하거나 우울해하는 기색도 없었거든. 건강에
도 문제없고, 부부 사이도 나쁘지 않았던 것 같고, 아이들도 예
뻐했어. 그리고 유서 같은 것도 전혀 남기지 않았어. 의사한테서
처방받은 수면제를 모아뒀다가 한꺼번에 먹었어. 그러니까 자살
은 계획적이었던 셈이지. 처음부터 죽을 요량으로, 한 반년 동안
조금씩 약을 모았더라고. 울컥해서 충동적으로 저지른 일이 아
니야."

나는 한참을 잠자코 있었다. 그도 잠자코 있었다. 우리는 각자
생각에 잠겨 있었다.

나와 여자친구는 그날, 롯코산 위에 있는 호텔 카페에서 헤어
졌다. 내가 도쿄에 있는 대학에 진학했는데, 거기서 한 여자애를

좋아하게 된 것이다. 큰맘먹고 그렇게 털어놓자 그녀는 거의 아무 말도 없이 핸드백을 안고 자리에서 일어났다. 그리고 그대로 뒤도 돌아보지 않고 빠른 걸음으로 카페를 나갔다.

그 결과 나는 혼자서 케이블카를 타고 산을 내려오게 되었다. 그녀는 흰색 도요타 크라운을 몰고 돌아갔을 것이다. 더없이 쾌청한 날이었고, 케이블카 창문 너머로 고베 시가지가 선명하게 내려다보였던 기억이 난다. 무척 아름다운 풍경이었다. 하지만 더이상 나에게 낯익은 여느 때의 거리가 아니었다.

그것이 사요코를 본 마지막이었다. 그뒤 그녀는 대학을 졸업하고 대기업 손해보험회사에 취직했고, 그곳에서 만난 동료와 결혼해 두 아이를 얻고, 이윽고 차곡차곡 모아둔 수면제를 먹고 스스로 목숨을 끊고 말았다.

늦건 빠르건 그녀와는 아마 헤어졌을 거라고 생각한다. 그렇지만 그녀와 함께 보낸 몇 년을 나는 좋은 추억처럼 떠올릴 수 있다. 그녀는 나에게 첫 여자친구였고, 나는 그녀를 좋아했다. 여자의 몸이 어떤 식으로 이루어져 있는지 (대체적으로) 가르쳐준 것도 그녀였다. 우리는 함께 여러 가지 새로운 체험을 했다. 아마 십대일 때밖에 누릴 수 없을 근사한 시간을 공유했다.

하지만 이제 와서 이런 말 하기는 괴롭지만, 결국 그녀는 내 귓속에 있는 특별한 종을 울려주지는 못했다. 아무리 귀기울여도,

종소리는 끝까지 들리지 않았다. 유감스럽게도. 그렇지만 내가 도쿄에서 만났던 한 여자는 그 종을 확실히 울려주었다. 그것은 논리나 이론을 따라 자유롭게 조정할 수 있는 일이 아니다. 그것은 의식 혹은 영혼의 훨씬 깊은 곳에서 멋대로 일어나거나 일어나지 않을 뿐, 개인의 힘으로는 바꿀 수 없는 종류의 일이다.

"사실 나는," 여자친구의 오빠가 말했다. "사요코가 자살할 수도 있다는 생각은 한 번도 안 해봤어. 이 세상 사람이 몽땅 자살해도 그애만은 꿋꿋이 살아남을 거라고 안이하게 생각했지. 환멸이니, 마음의 어둠이니, 그런 걸 혼자 떠안는 타입으로는 도무지 보이지 않았거든. 확실히 말해, 속이 얕은 애라고 생각했어. 어릴 때부터 난 그애를 크게 신경쓰지 않았고, 그애도 나에 대해 마찬가지였을 거야. 마음이 잘 안 맞는다고 할까…… 오히려 막내랑 잘 통했거든. 그런데 말이야, 지금은 사요코에게 그러는 게 아니었다고 진심으로 후회해. 난 그애를 잘 몰랐는지도 몰라. 아무것도 이해하지 못했는지도 몰라. 아마 나 자신에 대한 고민으로 머릿속이 가득했겠지. 어차피 내 힘으로는 동생의 목숨을 구할 수 없었을지 모르지만, 뭐라도 조금이나마 알아줄 수는 있었을 텐데. 그애를 죽음으로 이끌었던 무언가를 말이야. 그게 지금 와서는 무척 괴로워. 내가 얼마나 오만하고 이기적이었는지 생각하면 견딜 수 없이 마음이 아파."

내가 할 수 있는 말은 아무것도 없었다. 나도 아마 그녀에 대해 아무것도 이해하지 못했을 것이다. 그와 마찬가지로, 분명 나자신에 대한 고민으로 머릿속이 가득했을 것이다.

여자친구의 오빠가 말했다. "자네가 그때 읽어준 아쿠타가와의 「톱니바퀴」에, 비행사는 고공의 공기만 마시기에 갈수록 지상의 공기를 견딜 수 없어진다…… 뭐 그런 말이 나왔었잖아. 비행기병이라던가. 그런 병이 정말로 있는지는 몰라도, 그 문장이지금도 기억나."

"그래서, 기억이 날아가버리는 병은 이제 괜찮으세요?" 나는그에게 물어보았다. 아마도 사요코 이야기에서 화제를 돌릴 요량이었나보다.

"아아, 그거." 여자친구의 오빠가 살짝 실눈을 뜨고 말했다. "신기한 얘긴데, 어느 순간 갑자기 없어져버렸어. 의사 말로는유전 질환이니 시간이 가면서 더 진행될 수는 있어도 나을 가능성은 없다고 했는데, 싱거울 만큼 저절로 나아버렸지. 마귀가 씌었다가 떨어져나간 것처럼."

"다행이네요." 내가 말했다. 정말로 다행이라고 생각했다.

"자네하고 만나서 대화하고 조금 지나서였나, 그뒤로는 기억이 날아간 경험이 한 번도 없었어. 그래서 심적으로도 점점 안정

돼서, 그럭저럭 괜찮은 대학에 들어가 무사히 졸업하고, 그뒤에 아버지 사업을 물려받았지. 몇 년쯤 뒤처지긴 했어도 지금은 어찌어찌 평범하게 살고 있어."

"다행이네요." 내가 되풀이했다. "결국 아버님 머리를 쇠망치로 후려치지는 않은 거군요."

"별걸 다 기억하네." 그가 말하고는 소리내어 웃었다. "그나저나 일 때문에 마침 도쿄에 왔다가 이런 대도시에서 딱 마주치다니 정말 신기하군. 꼭 뭔가가 데려다준 것 같아."

정말 그렇다고 나는 말했다.

"그래서, 자네는 어떻게 지내? 계속 도쿄에 사는 거야?"

대학을 졸업하고 곧바로 결혼해 계속 도쿄에 살고 있으며, 지금은 일단 글을 쓰며 밥벌이를 한다고 나는 말했다.

"글을 쓴다고?"

"네, 일단은요."

"그렇군. 흠, 그러고 보니 낭독을 꽤 잘했었지." 그가 이해 간다는 듯이 말했다. "그리고 이런 말은 어쩌면 부담스러울지 모르지만, 굳이 내 의견을 말하자면, 사요코는 자네를 제일 좋아했지 싶어."

나는 아무 말도 하지 않았다. 여자친구의 오빠도 그 이상은 아무 말 하지 않았다.

그런 뒤에 우리는 헤어졌다. 나는 수리된 손목시계를 찾으러 가고, 나의 옛 여자친구의 오빠는 시부야역을 향해 천천히 언덕 길을 내려갔다. 이윽고 트위드재킷을 입은 그의 뒷모습이 오후 의 인파에 묻혀 사라졌다.

그것을 마지막으로 다시는 그를 보지 못했다. 우리는 우연의 이끌림에 따라 두 번 마주했다. 이십 년 가까운 세월을 사이에 두고, 600킬로미터쯤 떨어진 두 도시에서. 그리고 테이블에 마 주앉아, 커피를 마시고, 몇 가지 이야기를 나누었다. 평범한 담 소 같은 것은 아니었다. 그것은 무언가를―우리가 살아간다는 행위에 포함된 의미 비슷한 것을―시사하고 있었다. 하지만 결 국에는 우연에 의해 어쩌다 실현된 단순한 시사에 지나지 않는 다. 그것을 뛰어넘어 우리 두 사람을 유기적으로 이어주는 요소 는 없었다.

〔질문 : 두 번에 걸친 두 사람의 만남과 대화는 그들 인생의 어 떤 요소를 상징적으로 시사하는가?〕

〈위드 더 비틀스〉 LP판을 안고 있던 아름다운 소녀도 그때 이 후로 보지 못했다. 그녀는 아직도 1964년의 그 어둑한 학교 복도 를, 치맛자락을 펄럭이며 걷고 있을까? 여전히 열여섯 살인 채,

존과 폴과 조지와 링고의 흑백사진이 실린 멋진 재킷을 소중하게 가슴에 꼭 품고서.

『야쿠르트 스왈로스 시집』

먼저 말해두고 싶은데, 나는 야구를 좋아한다. 그것도 직접 야구장을 찾아가 눈앞에서 펼쳐지는 시합을 직관하는 것을 좋아한다. 야구모자를 쓰고, 내야석이면 파울플라이를, 외야석이면 홈런볼을 캐치할 글러브를 챙겨간다. 텔레비전 중계를 보는 건 썩 좋아하지 않는다. 텔레비전으로 경기를 관전하면 항상 가장 중요한 무언가를 놓치고 있다는 느낌이 든다. 요컨대 섹스에 비유하면…… 아니, 그만두자. 아무튼 텔레비전 화면으로 보는 야구에는 진정으로 가슴 설레게 하는 부분이 빠져 있다. 그런 느낌을 떨칠 수 없다. 조목조목 이유를 대며 설명하기는 힘들지만.

구체적으로 말해 나는 야쿠르트 스왈로스의 팬이다. 열광적, 헌신적인 팬까지는 못 되어도 그럭저럭 충실한 팬이라고 할 만하다. 적어도 이 팀을 응원해온 세월 하나만은 누구 못지않다. 팀명이 아직 산케이 아톰스이던 시절부터 부지런히 진구 구장을 드나들었다. 심지어 그럴 목적으로 구장 가까이 살았던 적도 있다. 아니, 사실을 말하자면 지금도 그렇다. 진구 구장까지 걸어서 갈 수 있느냐 없느냐가 내가 도쿄에서 거처를 구할 때의 중요한 포인트다. 물론 팀 유니폼과 모자도 몇 종씩 갖고 있다.

진구는 옛날부터 관중 동원력을 그다지 과시할 일 없는, 평온하고 소박한 구장이다. 좀더 솔직한 표현을 허락해준다면, 언제가도 거의 한산하다. 구장까지 갔는데 표가 없어서 허탕 치고 왔다. 이런 일은 어지간한 경우가 아니고서는 찾아볼 수 없다. '어지간한 경우가 아니고서는'이라 함은 이를테면 한밤중에 산책하다가 우연히 월식을 목격한다든가, 동네 공원에서 붙임성 좋은 수컷 삼색고양이를 만난다든가, 그 정도의 확률을 뜻한다. 솔직히 말해 그 띄엄띄엄한 인구밀도도 적잖이 내 마음에 들었다. 나는 어릴 때부터 어디가 됐건 사람들로 붐비는 장소를 썩 좋아하지 않는다.

물론 구장이 늘 한산하다는 이유만으로 내가 야쿠르트 스왈로스 팬이 된 것은 아니다. 그렇게 말하면 야쿠르트 스왈로스 구단이 너무 안됐지 않은가. 안쓰러운 야쿠르트 스왈로스. 안쓰러운 진구 구장. 그도 그럴 것이 거의 항상, 홈팀인 야쿠르트 스왈로스 응원석보다 원정팀 응원석이 먼저 차버린다. 그런 야구장은 세계 어디를 찾아봐도 여기 말고는 없을 것이다.

그렇다면 나는 어쩌다 그런 팀의 팬이 되었을까? 대체 무슨 연유로 길고 구불구불한 길을 거쳐와, 야쿠르트 스왈로스와 진구 구장의 장기 지원자가 되었을까? 어떻게 생겨먹은 우주를 가로지른 끝에 이리도 덧없고 침침한 별―밤하늘에서 위치를 찾아내는 데 남들보다 시간이 더 걸리는 별―을 나 자신의 수호성으로 삼게 되었을까? 이야기를 시작하면 은근히 길어진다. 하지만 기회가 생긴 김에 잠깐 이야기해보자. 어쩌면 나라는 인간의 간결한 전기 비슷한 것이 될지도 모른다.

나는 교토 출생이지만, 태어나고 얼마 안 되어 한신칸*으로 이사해서 열여덟 살까지 살았다. 슈쿠가와와 아시야. 시간이 나면 자전거를 타고, 때로는 한신 전철을 타고 고시엔 구장으로 경기를 보러 갔다. 초등학교 때는 당연히 '한신 타이거스 친구들의 모임'에 가입했다(안 그러면 학교에서 따돌림당한다). 고시엔 구

---

* 효고현 남동부. 효고현 소재지인 고베시와 오사카부 소재지인 오사카시 사이에 낀 지역이다.

장은 누가 뭐라 하든 일본에서 가장 아름다운 구장이다. 입장권을 움켜쥐고, 담쟁이덩굴이 얽힌 입구를 지나, 어둑한 콘크리트 계단을 잰걸음으로 올라간다. 그리고 외야의 천연 잔디가 시야에 뛰어들면, 그 선명한 초록 바다를 느닷없이 마주하면, 소년인 나의 가슴은 소리나게 떨렸다. 마치 한 무리의 씩씩한 난쟁이들이 내 조그만 갈비뼈 안에서 번지점프 연습을 하는 것처럼.

그라운드에서 수비 연습을 하는 선수들의 아직 얼룩 한 점 없는 유니폼, 눈을 찌르는 순백색의 볼, 수비 연습용 배트가 한가운데로 볼을 쳐내는 행복한 소리, 맥주 판매원의 야무진 외침, 경기 직전 아무것도 적혀 있지 않은 스코어보드―그곳에는 이제부터 전개될 줄거리의 예감이 가득하고, 환성과 한숨과 노호가 소홀함 없이 준비되어 있었다. 그렇다, 그렇게 내 안에서, 야구를 보는 일과 구장으로 발길을 옮기는 일은 의문을 품을 새도 없이 정확히 일체화되었다.

그래서 열여덟 살에 대학 진학을 위해 한신칸을 떠나 도쿄에 왔을 때, 나는 지극히 자연스럽게 진구 구장에서 산케이 아톰스를 응원하기로 결정했다. 사는 곳에서 최단 거리에 있는 구장에서, 그 홈팀을 응원한다―내게 야구 관전이란 모름지기 그런 것이었다. 순수하게 거리를 따지면 진구 구장보다 고라쿠엔 구장쪽이 조금 가까웠던 것 같지만…… 아무리, 그건 아니지. 사람에게는 지켜야 할 도리라는 것이 있다.

때는 1968년. 포크 크루세이더스의 〈돌아온 주정뱅이〉가 히트하고, 마틴 루서 킹과 로버트 케네디가 암살당하고, 국제평화의날에 학생들이 신주쿠역을 점거한 해다. 이렇게 써놓고 보니 왠지 고대사 같지만…… 어쨌거나 그해에 나는 '좋아, 이제부터 산케이 아톰스를 응원하는 거야'라고 결단한 것이다. 숙명인지 별자리인지 혈액형인지, 예언인지 저주인지, 뭐 그런 것에 이끌려서. 혹시라도 지금 역사 연표 같은 것을 갖고 있다면 구석에 작은 글씨로 이렇게 덧붙여주시기 바란다. '1968년, 무라카미 하루키가 산케이 아톰스의 팬이 되다'라고.

세상의 모든 신에게 맹세하고 단언하건대, 당시 아톰스는 약체 중의 약체였다. 스타 선수라고는 한 명도 없고, 구단 살림은 척 봐도 가난했고, 자이언츠전을 제외하면 관중석이 늘 텅텅 비어서, 고풍스러운 표현을 빌리자면 그야말로 뻐꾸기가 우는 꼴이었다.* 나는 그때 자주 그런 생각을 했다. 구단 마스코트를 우주 소년 아톰이 아니라 뻐꾸기로 할 일이지. 뻐꾸기가 어떻게 생겼는지는 잘 모르겠지만.

---

* '파리 날린다'라는 우리말 표현과 비슷하게, 손님 없이 한산하고 쓸쓸한 모습을 뜻하는 관용어.

당시는 가와카미 감독이 이끄는 무적불패 자이언츠의 전성시대로, 고라쿠엔 구장은 언제나, 언제나 초만원이었다. 요미우리 신문은 고라쿠엔 구장 초대권을 주무기 삼아 열심히 신문을 팔아댔다. 오 사다하루와 나가시마 시게오는 말 그대로 온 국민의 영웅이었다. 길에 보이는 아이들은 모두 자랑스럽게 자이언츠 모자를 쓰고 다녔다. 산케이 아톰스 모자를 쓴 아이는 단 한 명도 보지 못했다. 혹은 그렇게 갸륵한 아이들은 남몰래 뒷길로 다니고 있었는지도 모른다. 발소리를 죽이고, 처마밑을 요리조리 헤쳐나가면서. 이런이런, 세상에 정의라는 건 다 어디로 갔는지.

하지만 나는 시간이 나면(이라지만, 당시의 나는 거의 늘 시간이 있었다) 진구 구장으로 발길을 옮기고 혼자서 묵묵히 산케이 아톰스를 응원했다. 이기는 날보다 지는 날이 훨씬 많았지만(세 번에 두 번은 졌지 싶다) 나도 그때는 젊었고, 외야 잔디에 드러누워 맥주를 마시면서 야구를 관전하고, 가끔 아무 생각 없이 하늘을 올려다보면 그것만으로 그럭저럭 행복했다. 어쩌다 팀이 이기고 있을 때는 게임을 즐기고, 지고 있을 때는 '뭐, 인생에는 지는 훈련도 중요하니까'라고 생각하려 했다. 아직 진구 구장 외야에 좌석이 생기기 전이라 앉을 곳은 처량 맞은 잔디 슬로프뿐이었다. 그곳에 신문지(물론 산케이스포츠)를 깔고, 내키는 대로 앉았다 드러누웠다 했다. 비가 오면 당연히 땅이 질척질척해졌다.

첫 우승을 했던 1978년, 나는 진구 구장까지 걸어서 십 분 거리인 센다가야에 살고 있었다. 그래서 시간만 나면 경기를 보러 갔다. 그해 야쿠르트 스왈로스는(이때는 이미 야쿠르트 스왈로스로 팀명이 바뀌었다) 구단 창설 이십구 년 만에 처음으로 리그 우승을 달성하고, 여세를 몰아 일본시리즈마저 제패해버렸다. 그야말로 기적적인 한 해였다. 그리고 그해, 나 역시 스물아홉 살에 처음으로 소설이라고 할 만한 것을 완성했다.『바람의 노래를 들어라』라는 작품으로, 이것이『군조』신인문학상을 타면서 그때부터 일단은 소설가 소리를 듣게 되었다. 물론 그저 우연의 일치겠지만, 그래도 내 입장에서는 작지 않은 인연 같은 것을 느끼지 않을 수 없었다.

하지만 그것은 한참 나중의 일이다. 그에 이르기까지, 1968년부터 1977년까지 십 년 동안, 나는 실로 방대한, (기분상으로는) 거의 천문학적 횟수의 '지는 경기'를 지켜봐왔다. 다시 말해 '오늘도 또 졌네'라는 것이 세상의 이치로 여겨지도록 내 몸을 서서히 길들여갔다는 소리다. 잠수부가 오랫동안 주의깊게, 수압에 몸을 길들이듯이. 그렇다, 인생은 이기는 때보다 지는 때가 더 많다. 그리고 인생의 진정한 지혜는 '어떻게 상대를 이기는가'가 아니라 오히려 '어떻게 잘 지는가' 하는 데서 나온다.

"우리한테 그런 어드밴티지가 있다는 걸 너희는 절대 모를 걸!" 나는 꽉꽉 들어찬 요미우리 자이언츠 응원석을 향해 그렇게 외치곤 했다(물론 소리는 내지 않고).

긴 터널을 빠져나가듯 어둑했던 그 세월, 나는 홀로 진구 구장 외야석에 앉아 경기를 관전하면서, 심심풀이로 시 비슷한 것을 노트에 끼적였다. 소재는 야구다. 야구는 축구와 달리 플레이와 플레이 사이에 수시로 틈이 생기고, 잠깐 그라운드에서 눈을 떼고 볼펜으로 종이에 뭘 쓰는 사이 골이 들어가버리거나 하는 일도 없다. 상당히 느긋한 스포츠인 셈이다. 그리고 내가 글을 쓰던 때는 대개 유난히 투수 교체가 많은, 지루하게 지는 경기일 때였다(아아, 그런 경기가 얼마나 빈번했던가).

참고로 시집 맨 앞에 수록된 시는 이렇다. 짧은 버전과 긴 버전이 있는데, 이건 긴 쪽. 나중에 조금 손보았다.

우익수

그 5월의 오후, 너는
진구 구장의 우익 수비를 맡고 있다.

산케이 아톰스 우익수.

그것이 너의 직업이다.

나는 우익 외야석 뒤쪽에서

조금 미지근해진 맥주를 마시고 있다.

으레 그러듯이.

상대 팀 타자가 우익수 플라이를 날린다.

단순한 팝 플라이.

높이 올라가고, 속도도 없다.

바람도 잠잠하다.

해도 눈부시지 않다.

별거 아니다.

너는 양손을 가볍게 올리고

3미터쯤 전진한다.

오케이.

나는 맥주를 한 모금 마시고,

볼이 떨어지기를 기다린다.

볼은

정확히 자로 잰 듯

너의 딱 3미터 뒤에 떨어진다.

우주의 한구석을 나무망치로 가볍게 때린 것처럼

콩, 하고 메마른 소리를 내면서.

나는 생각한다.

어째서 이런 팀을 나는

응원하게 됐을까.

그것이야말로 뭐랄까

우주 규모의 수수께끼다.

이걸 과연 시라고 해도 되는지 어떤지, 나는 모르겠다. 시라고 하면 진짜 시인들이 화를 낼지도 모른다. 나를 붙잡아와서 어디 전봇대에 매달고 싶다고 생각할지도 모른다. 정말로 그런다면 몹시 난처한 일이다. 하지만 이걸 달리 뭐라고 부른단 말인가. 적절한 명칭이 있거든 가르쳐주시길. 그래서 나는 일단 이것들을 시라고 부르기로 했다. 그리고 한데 모아 『야쿠르트 스왈로스 시집』을 출간하기로 했다. 만약 시인들이 화내고 싶다면 마음껏 화내게 내버려두고. 그것이 1982년의 일이다. 장편소설 『양을 쫓는 모험』을 탈고하기 얼마 전, 일단 (엉성하게나마) 소설가로 데뷔하고 삼 년이 지난 시점이다.

물론 대형 출판사는 현명하게도 이런 책의 출판에 눈곱만큼도 관심을 보이지 않았으므로, 거의 자비출판에 가까운 형태로 내기로 했다. 다행히 인쇄소를 운영하는 친구가 있어서 비교적 저렴하게 제작할 수 있었다. 간소한 제본, 일련번호를 기입한 오백 부에 일일이 사인펜으로 또박또박 서명했다. 무라카미 하루키, 무라카미 하루키, 무라카미 하루키…… 하지만 예상대로 거의 아무도 상대해주지 않았다. 그런 것을 돈 내고 산다면 어지간히 별난 인간이다. 실제로 팔린 것은 삼백 부쯤 될까. 나머지는 친구들과 지인들에게 기념품 삼아 나누어주었다. 그것이 지금은 희귀한 컬렉터스 아이템이 되어, 놀랄 만큼 비싸게 거래되고 있다. 세상일 알 수 없다. 내 수중에는 두 부밖에 남아 있지 않다. 더 많이 남겨뒀으면 부자가 됐을 텐데.

*

아버지가 세상을 떠났을 때, 장례를 마치고 사촌형제 세 명과 맥주를 엄청 퍼마셨다. 친사촌 둘(나와 나이가 거의 비슷하다), 외사촌(나보다 열다섯 살쯤 적지 싶다), 나, 이렇게 넷이 한밤중까지 맥주를 마셨다. 맥주 말고는 아무것도 마시지 않았다. 안주도 전혀 없었다. 오로지 맥주만 장장 쉴새없이 들이켰다. 그렇게 많은 맥주를 마셔보기는 처음이었다. 기린 병맥주 큰 병으로 전부 스무 병쯤 비웠다. 용케 방광에 탈이 안 났구나 싶다. 게다가 맥주를 마시다 말고, 나는 또 장례식장 근처에서 발견한 재즈 바로 발길을 옮겨 포로지스 온더록스를 더블로 몇 잔씩 마셨다.

　어째서 그날 밤 그렇게 많은 술을 마시게 됐는지는 나도 잘 모른다. 특별히 슬프지도 허망하지도 않았고, 딱히 생각이 깊어지지도 않았는데. 어쨌거나 그날은 아무리 마셔도 정신이 말짱했고, 숙취도 없었다. 이튿날 아침 눈을 뜨자 여느 때보다 머리가 맑았다.

　나의 아버지는 불굴의 한신 타이거스 팬이었다. 어렸을 때, 한신 타이거스가 지면 아버지는 늘 심기가 급격히 불편해졌다. 인상까지 바뀌었다. 술이 들어가면 그런 경향이 한결 심해졌다. 그래서 한신 타이거스가 진 날은 가능한 한 아버지의 신경을 거스르지 않도록 조심했다. 내가 남들처럼 열성적인 한신 타이거스 팬이 되지 않은, 혹은 되지 못한 데는 그 탓도 있을지 모른다.

　지극히 조심스럽게 표현해서, 나와 아버지의 관계는 그다지 우호적이라고 할 수 없었다. 이유는 뭐 여러 가지지만, 몸 곳곳으로 전이하는 암과 심각한 당뇨병으로 구십 년에 걸친 인생의 막을 내리기 직전까지, 아버지는 나와 이십 년 넘게 거의 한마디도 나누지 않았다. 그것을 '우호적 관계'라고 하기에는 어느 관점에서 봐도 상당히 무리가 따를 것이다. 마지막에 가서 소소한 화해 같은 것을 했지만, 그것 역시 화해라 하기에는 너무 늦은 감이 있었다.

그러나 물론 멋진 기억도 있다.

내가 아홉 살이던 해 가을, 세인트루이스 카디널스가 일본에 와서 대표팀과 친선경기를 했다. 위대한 스탠 뮤지얼의 전성기다. 그에 맞서는 일본팀의 에이스는 이나오와 스기우라다. 이 얼마나 근사한 대결인가. 나와 아버지는 고시엔 구장으로 그 경기를 보러 갔다. 우리 자리는 1루 쪽 내야석 앞쪽이었다. 경기가 시작되기 전, 카디널스 선수들이 구장을 한 바퀴 돌면서 테니스공 사인볼을 관중석으로 던졌다. 사람들은 너나없이 일어나 환호성을 지르며 볼을 잡으려 했다. 나는 자리에 앉은 채 멍하니 그 광경을 바라보고 있었다. 어차피 나처럼 작은 어린애가 사인볼을 잡아낼 리 없다. 그러나 다음 순간, 문득 내려다보니 무릎 위에 볼이 놓여 있지 않은가. 우연히 내 무릎 위로 와서 떨어진 것이다. 마치 하늘의 계시라도 되듯이 툭, 하고.

"야, 잘됐다." 아버지가 내게 말했다. 반쯤 어이없는 듯, 반쯤 감탄한 듯. 그러고 보니 내가 서른 살에 소설가로 데뷔했을 때도 아버지는 거의 똑같은 말을 했다. 반쯤 어이없는 듯, 반쯤 감탄한 듯.

그것은 나의 소년 시절 일어났던, 어쩌면 가장 눈부신 사건 중 하나였을 것이다. 가장 축복받은 사건이라 해도 좋을지 모른다. 내가 야구장이라는 장소를 사랑하게 된 데는 그 이유도 있을까?

물론 나는 무릎 위에 떨어진 그 흰색 볼을 소중히 챙겨서 집으로 가져왔다. 그렇지만 기억하는 것은 거기까지다. 그 볼은 어떻게 됐을까? 대체 어디에 틀어박혀버렸을까?

*

나의 『야쿠르트 스왈로스 시집』에는 이런 시도 실려 있다. 아마 미하라 감독 시절이었지 싶다. 왠지 몰라도 이 시기의 스왈로스가 가장 생생하게, 정겹게 떠오른다. 구장에 가면 뭔가 재미있는 일이 일어날 것 같아서 가슴이 두근거렸다.

새 그림자

초여름 오후의 낮 경기였다.
8회 초
1대9(인지 뭔지)로 스왈로스가 지고 있었다.
이름도 못 들어본 여섯 명째(인지 뭔지)
투수가 투구 연습을 하고 있었다.
바로 그때
또렷한 새 그림자 하나가

진구 구장 1루부터

중견수 수비 위치 근처까지

초록 잔디 위를 재빨리 지나갔다.

나는 하늘을 우러러봤지만

새는 보이지 않았다.

해가 너무 눈부시다.

내가 본 것은, 잔디 위에 떨어진

그린 듯이 새카만 그림자뿐이다.

그리고 그것은 새 모양이었다.

이것은 길조일까,

아니면 흉조일까,

그에 대해 진지하게 생각한다.

하지만 곧바로 고개를 젓는다.

어이, 관둬

여기에 무슨 길조가 있을 수 있다는 거야?

*

  어머니의 기억이 자꾸 오락가락해서 혼자 지내게 두기 불안
해졌을 무렵, 나는 집 정리를 도우러 간사이로 내려갔다. 그리

고 벽장에 어마어마한 양의 잡동사니—라고밖에 볼 수 없는 물건—들이 쌓여 있는 것을 보고 입이 딱 벌어졌다. 정체불명의 오만 가지 물건이, 상식적으로 이해가 안 될 만큼 대량으로 쌓여 있었다.

이를테면 큼직한 과자상자 하나는 카드로 꽉 채워져 있었다. 대부분 전화카드, 가끔 한신·한큐 전철 선불카드도 섞여 있었다. 어느 카드에나 한신 타이거스 선수의 사진이 들어가 있다. 가네모토, 이마오카, 야노, 아카호시, 후지카와…… 전화카드? 이런이런, 요즘 세상에 전화카드 같은 게 대체 무슨 쓸모가 있을까?

일일이 세어보지는 않았지만 전부 백 장은 넘었지 싶다. 도무지 이해할 수 없다. 내가 아는 한 어머니는 야구 따위에는 눈곱만큼도 흥미가 없었다. 하지만 이 카드들을 어머니가 직접 사모은 것은 명백했다. 확실한 증거가 있다. 내가 모르는 사이 무슨 계기가 있어 한신 타이거스의 열혈 팬이 됐던 걸까? 하지만 어쨌거나 어머니는 자신이 한신 타이거스 선수의 전화카드를 사모은 사실을 정면으로 부정했다. "이상한 말을 다 하는구나. 내가 이런 걸 뭐하러 산다고." 그녀는 말했다. "아버지한테 물어보면 알겠지."

그렇게 말한대도 별수없다. 아버지는 이미 삼 년 전에 세상을 떠났으니까.

그런 연유로 나는, 휴대전화를 들고 다니면서도 여기저기 고생스럽게 공중전화를 찾아내어 한신 타이거스 전화카드를 열심히 써대고 있다. 덕분에 타이거스 선수들 이름에 꽤 정통해졌다. 대부분은 이미 은퇴했거나 다른 팀으로 이적한 이들이지만.

한신 타이거스.

한신 타이거스에 한때 마이크 라인바크라는, 호감 가는 씩씩한 인상의 외야수가 있었다. 나는 그가 이른바 조연으로 등장하는 시를 한 편 썼다. 라인바크는 나와 동갑으로, 1989년 미국에서 교통사고로 사망했다. 1989년이면 내가 로마에서 지내며 장편소설을 쓸 때다. 그래서 라인바크가 서른아홉 살이라는 젊은 나이에 세상을 떠난 사실도 오랫동안 알지 못했다. 당연한 일이지만, 이탈리아 신문에는 전 한신 타이거스 외야수의 죽음이 보도되지 않는다.

내가 쓴 것은 이런 시다.

외야수의 엉덩이

나는 외야수의 엉덩이를 바라보는 걸 좋아한다.
그도 그럴 것이, 지루하게 지는 경기를

외야석에서 혼자 보고 있을 때
외야수의 엉덩이를 찬찬히 뜯어보는 것 말고
무슨 재미가 있으랴?
있다면 가르쳐주길.
그런 연유로
외야수의 둔부에 대해 말해보라고 하면
나는 밤을 새워서 말할 수도 있다.
스왈로스 중견수
존 스콧*의 엉덩이는
모든 기준을 넘어 아름답다.
하염없이 다리가 길어서, 엉덩이가 흡사
허공에 떠 있는 것처럼 보인다.
가슴 설레는 대담한 은유처럼.
그에 비하면 좌익수
와카마쓰의 다리는 생각보다 짧아서
둘이 나란히 서면
스콧의 엉덩이가 거의

---

* 1979년부터 1981년까지 스왈로스에서 외야수로 활약함. 더블헤더에서 네 개
의 홈런을 친 적이 있다. 다이아몬드글러브상을 두 번 수상했다. (원주)

와카마쓰의 턱 부근에 있다.

한신 라인바크*의 엉덩이는

균형이 잡혀서, 자연히 호감이 간다.

바라보고만 있어도

그대로 설득당할 것 같다.

히로시마 카프 셰인**의 엉덩이 모양은

어딘지 모르게 신중하고, 지적이었다.

성찰적이었다, 고 해야 할까.

사람들은 그를 셰인블럼이라고

풀네임으로 불렀어야 한다.

예컨대 그 엉덩이에 경의를 표하기 위해서라도.

그건 그렇고, 아름답지 못한 엉덩이를 가진

외야수의 이름은—여기까지

튀어나올 뻔했지만—역시

말하지 않기로 하자.

---

* 마이크 라인바크, 1976년부터 1980년까지 한신 타이거스에서 우익수로 뛰었다. 할 브리덴과 더불어 클린업의 일원이었다. 패기 넘치는 플레이로 인기가 많았다.(원주)

** 리처드 앨런 셰인블럼, 1975년부터 1976년까지 히로시마 카프에서 외야수로 뛰었다. MLB에서는 올스타전에 출장한 적도 있다. 이름이 길어 줄여서 '셰인'으로 통했다. "별로 상관없어요. 말은 탈 줄 모르지만요"라고 그는 말했다.(원주)

그들에게도 어머니나 형제나 아내나

어쩌면 아이들도 있을 테니까.

*

한번은 고시엔 구장 외야석에서 한신 대 야쿠르트전을 야쿠르트 스왈로스 팬으로서 관전한 적이 있다. 볼일이 있어 혼자 고베를 방문했다가 오후 시간이 통째로 비게 되었다. 그러다 한신산노미야역 플랫폼에 붙어 있던 포스터를 보고서 마침 그날 고시엔 구장에서 낮 경기가 있다는 걸 알고, '그래, 오랜만에 고시엔에 가보자'고 생각한 것이다. 그러고 보니 한 삼십 년 넘게 고시엔 구장에 발걸음을 하지 않았다.

그때는 노무라 가쓰야가 감독을 맡고 있었다. 후루타와 이케야마와 미야모토와 이나바가 한창 활약하던 시대다(생각해보면 행복한 시대였다). 그렇기에 이 시는 물론 오리지널 『야쿠르트 스왈로스 시집』에는 수록되지 않았다. 시집이 출판되고 상당한 시간이 흐른 뒤에 쓴 것이다.

그 자리에서는 종이와 필기구가 없었기에, 구장에서 호텔로 돌아오자마자 책상 앞에 앉아 방에 비치된 편지지에 이 시(와 비슷한 것)를 썼다. 어쩌다보니 시의 형태를 띠게 된 메모, 라고 해야 할까. 내 책상 서랍에는 그런 별의별 메모며 조각 글이 수없이 쌓여 있다. 현실적으로는 거의 아무 쓸모도 없지만, 그래도.

해류 속의 섬

그 여름 오후
고시엔 구장 좌익석에서
야쿠르트 스왈로스 응원석을 찾았다.
찾아내는 데
시간이 걸렸다. 응원석은
대충 크기가 사방 5미터
정도밖에 되지 않았으므로.
주위는 모조리 죄다
타이거스 팬.
존 포드 감독의 영화
〈아파치 요새〉를 떠올린다.
완고한 헨리 폰다가 이끄는
소규모 기병대가, 대지를 가득 메운
인디언 대군에 포위되어 있다.
절체절명,

해류 속의 작은 섬처럼
한복판에 용감한 깃발 하나 꽂고서.

그러고 보니 초등학생 무렵, 이 구장에서, 이 외야석에서
고등학생이던 오 사다하루를 본 적이 있다.
와세다실업이 우승한 봄
그는 주전 투수에 4번 타자였다.
망원경을 반대쪽에서 들여다보는 것처럼
신기할 만큼 투명한 기억.
몹시 멀고, 몹시 가깝다.
그리고 지금, 여기서 나는
힘이 남아도는, 흉악한
줄무늬 인디언들에게 둘러싸여
야쿠르트 스왈로스의 깃발 아래
비통한 성원을 보내고 있다.
고향에서 심히 멀리 와버리고 말았다, 고
해류 속의 작고 고독한 섬에서
내 가슴은 조용히 욱신거린다.

*

　뭐가 어쨌건, 세상 모든 야구장 중에서도 나는 진구 구장에 앉아 있을 때가 제일 좋다. 1루 쪽 내야석 아니면 우익 외야석. 그곳에서 잡다한 소리를 듣고, 잡다한 냄새를 맡고, 하늘을 올려다보는 것이 좋다. 불어오는 바람을 피부로 느끼고, 시원한 맥주를 마시고, 주위 사람들을 바라보는 것이 좋다. 팀이 이기고 있건 지고 있건, 나는 그곳에서 보내는 시간을 무한히 사랑한다.

　물론 지는 것보다야 이기는 쪽이 훨씬 좋다. 당연한 얘기다. 하지만 경기의 승패에 따라 시간의 가치나 무게가 달라지지는 않는다. 시간은 어디까지나 똑같은 시간이다. 일 분은 일 분이고, 한 시간은 한 시간이다. 우리는 누가 뭐라 하든 그것을 소중히 다루어야 한다. 시간과 잘 타협해서, 최대한 멋진 기억을 뒤에 남기는 것─그게 무엇보다 중요하다.

　나는 야구장 좌석에 앉으면 제일 먼저 흑맥주를 마시는 것을 좋아한다. 하지만 흑맥주 판매원은 썩 많지 않다. 발견하기까지 시간이 걸린다. 마침내 눈에 띄면 손을 높이 들어 부른다. 판매원이 다가온다. 앳되고 야윈 남자애다. 영양이 부족해 보인다. 머리는 길다. 아마도 고등학생 아르바이트생이리라. 그는 나에게 다가와서 우선 사과부터 한다. "죄송합니다. 저기, 이거 흑맥주인데요."

"죄송할 필요 없어요. 전혀." 나는 그렇게 말하며 그를 안심시
킨다. "아까부터 흑맥주가 오기를 기다렸거든요."

"감사합니다"라고 그가 말한다. 그러고는 기쁜 듯 싱긋 웃는다.

흑맥주를 파는 소년은 그날 밤 분명 많은 사람에게 잇따라 사
과해야 할 것이다. "죄송합니다. 저기, 이거 흑맥주인데요"라
고. 대부분의 관객은 흑맥주가 아니라 보통 라거맥주를 찾을 테
니까. 나는 값을 치르고, 그에게 소소한 축복을 보낸다. "수고해
요" 하면서.

나도 소설을 쓰면서 그 소년과 똑같은 기분을 맛볼 때가 종종
있다. 그래서 세상 사람들 하나하나에게 사과하고 싶어진다. "죄
송합니다. 저기, 이거 흑맥주인데요"라고.

그래도 뭐, 그건 됐다. 소설 생각은 접어두자. 슬슬 오늘밤의
경기가 시작될 참이다. 자, 팀이 이기기를 빌어보자. 그리고 동
시에 (남몰래) 지는 것에 대비해보자.

사육제
(Carnaval)

그녀는 지금까지 내가 만난 사람 중 가장 못생긴 여자였다—
라는 말은 아마도 공정한 표현이 못 될 것이다. 그녀보다 추한
외모의 여자는 사실 그 밖에도 많을 테니까. 하지만 내 인생과
어느 정도 친밀한 관련을 맺고, 내 기억의 토양에 나름대로 뿌리
내린 여자들 중에서는, 그녀가 제일 못생겼다고 해도 큰 지장이
없지 싶다. 물론 '못생겼다' 대신 '아름답지 않다'고 완곡히 표현
할 수도 있고, 그편이 독자에게—특히 여성 독자에게는— 한결
거부감이 덜할 것이다. 그런데도 나는 굳이 '못생겼다'라는 직접
적인(다소 난폭한) 어휘를 이 글에서 쓰려고 한다. 그편이 그녀
라는 인간의 본질에 더 가까이 다가갈 수 있을 테니까.

그녀를 가령 'F*'라 부르기로 하자. 여기서 본명을 밝히는 것

은 몇 가지 이유로 적절하지 않다. 참고로 그녀의 본명은 F와도 *와도 전혀 관계없다.

어쩌면 F*도 어디선가 이 글을 읽게 될지 모른다. 현존하는 여성 작가가 쓴 글 외에는 거의 관심이 없다고 그녀는 평소 말했지만, 어쩌다가 이 글을 보게 될 가능성도 전혀 없지는 않다. 그리고 만약 이 글을 본다면 당연히 자기 얘기임을 알아차릴 것이다. 하지만 내가 그녀를 '지금까지 내가 만난 사람 중 가장 못생긴 여자'라고 표현해도, F*는 아마 조금도 신경쓰지 않을 것이다. 아니, 오히려 재미있어하지 않을까. 그도 그럴 것이 그녀는 자신의 외모가 뛰어나지 않다─라기보다 '못생겼다'는 것을 누구보다 잘 알고 있었고, 그 사실을 나름의 방식으로 역이용하며 즐기기조차 했으니까.

일반적으로 그런 사례는, 내가 생각하기에, 꽤 희소한 부류에 속할 것이다. 자신이 못생겼다고 자각하는 못생긴 여자는 그리 많지 않고, 그것을 사실 그대로 왜곡 없이 받아들이고, 나아가 얼마간의 즐거움을 발견할 수 있는 여자는 전무하다고는 할 수 없어도 압도적으로 적을 테니까. 그런 의미에서, 그렇다, 그녀는 실로 범상치 않은 존재였다. 그리고 그 범상치 않음은 결과적으로 나뿐 아니라 적지 않은 사람들을 그녀 주위로 모이게 했다. 자석이 오만 가지 형태의 유용무용한 쇠 부스러기를 끌어당기듯이.

추함에 대해 말하는 것은, 아름다움에 대해 말하는 것이기도 하다.

나는 아름다운 여자도 몇 명 개인적으로 알고 있다. 누구나 '이 사람은 예쁘다'고 인정하고, 시선을 빼앗길 만한 여자들이다. 하지만 내가 보기에 그 아름다운 여자들은—적어도 그중 많은 이가—자신이 아름답다는 사실을 무조건적으로 덮어놓고 즐기지는 못하는 듯했다. 나는 그 사실이 적잖이 신기했다. 미모를 타고난 여자들은 늘 남자들의 관심을 끌고, 같은 여자들에게서는 선망의 눈길을 받으며, 은근히 추어올려진다. 비싼 선물도 많이 받을 테고, 연애 상대를 만나는 데도 어려움이 없을 것이다. 그런데도 왜 그녀들은 좀더 행복해 보이지 않을까? 왜 어떤 때는 우울해 보이기까지 하는 걸까?

관찰한 바에 따르면, 내가 아는 아름다운 여자 중 많은 이는 자신의 아름답지 못한 부분—인간의 신체 환경에는 반드시 그런 구석이 있기 마련이다—이 불만스럽거나 거슬리는 탓에 항상 심적으로 시달리는 것 같았다. 아무리 사소한 단점도, 잘 보이지도 않는 흠결 하나조차 그녀들은 그냥 넘기지 못했다. 어떤 경우에는 속앓이까지 했다. 예를 들면 엄지발가락이 너무 크고 발톱까지 이상하게 휘었다거나, 양쪽 유두의 크기가 다르다거

나. 내가 아는 매우 아름다운 한 여자는 귓불이 비정상적으로 길다면서 언제나 머리를 길러 감추고 다녔다. 귓불의 길이 따위는 정말이지 아무래도 상관없는 부분 같은데(딱 한 번 보여준 적 있는데, 내 눈에는 솔직히 보통 크기로밖에 보이지 않았다). 어쩌면 귓불의 길이 운운은 다른 무언가를 대체한 표현일 뿐인지도 모르지만.

그에 비해 자신이 아름답지 못하다는 것을—혹은 못생겼다는 것을—나름대로 즐길 줄 아는 여자는 오히려 행복하다고 말할 수 있지 않을까? 어떤 아름다운 여자에게도 어딘가 보기 싫은 구석이 있듯이, 어떤 못생긴 여자에게도 어딘가 아름다운 부분이 있다. 그리고 그녀들은 아름다운 여자들과는 달리 그런 부분을 기탄없이 즐기는 듯했다. 대체도 없거니와, 비유도 없다.

진부한 의견인지 모르지만, 우리가 사는 세상의 모습은 종종 보는 시각에 따라 완전히 뒤바뀐다. 빛을 어떻게 받아들이느냐에 따라 그림자가 빛이 되고, 빛이 그림자가 된다. 양이 음이 되고, 음이 양이 된다. 그런 작용이 세상을 구성하는 하나의 본질인지 혹은 그저 시각적 착각인지는 내가 판단하기 버거운 문제다. 어쨌거나 그런 의미에서 F*는 그야말로 빛의 트릭스터였다고 할 수 있으리라.

나는 한 친구의 소개로 F*를 알게 되었다. 쉰이 조금 넘었을 때였다. 그녀는 나보다 아마 열 살쯤 적었지 싶다. 하지만 나이는 그녀에게 그리 중요한 요소가 아니다. 그녀의 외모가, 그 외의 거의 모든 개인적인 팩터를 압도했기 때문이다. 나이도, 키도, 가슴의 모양이나 크기도, 그녀의 '아름답지 못함=못생김' 앞에서는 전혀 무게를 지니지 못했다. 하물며 엄지발가락 발톱 모양이나 귓볼의 길이 따위는 눈에 들어오지도 않는다.

산토리 홀에서 열린 연주회의 휴식시간에 로비에서 우연히 친구를 만났는데, 그가 F*와 둘이 와인을 마시고 있었다. 그날 밤의 주요 레퍼토리는 말러의 교향곡이었다(몇번인지는 잊어버렸다). 프로그램 앞부분은 프로코피예프의 〈로미오와 줄리엣〉이었다. 그가 나를 F*에게 소개했고, 우리는 함께 와인잔을 기울이면서 프로코피예프의 음악에 대해 이야기했다. 두 사람도 우연히 이곳에서 만났다고 했다. 요컨대 셋 다 각자 혼자서 콘서트에 와 있었던 것이다. 혼자 콘서트를 다니는 사람들 사이에는 보통 소소한 연대감 같은 것이 생긴다.

F*를 처음 보고 내 머릿속에 제일 먼저 떠오른 생각은 당연히, 정말 못생겼다는 것이었다. 하지만 그녀가 무척 당당하게 미소 짓고 있었기에 곧 그런 식으로 생각한 내가 내심 부끄러워졌다. 그리고 한동안 담소하는 사이, 뭐라고 표현하면 좋을까, 그

녀의 외모에 나는 완전히 익숙해지고 말았다. 그리하여 외모 같은 건 딱히 신경쓰지 않게 되었다. 그녀는 말솜씨가 좋았고, 호감이 갔으며, 화제도 다채로웠다. 머리 회전이 빠르고, 음악 취향도 상당히 괜찮았다. 휴식시간이 끝났음을 알리는 벨이 울리고 그녀와 헤어진 뒤 나는 생각했다, '저런데 얼굴도 예뻤더라면—아니, 조금만 웬만했더라면—굉장히 매력적인 여자였겠다'고.

하지만 그런 내 생각이 얼마나 얄팍하고 피상적이었는지, 나중에 가서 통절히 깨닫게 되었다. 왜냐하면 그녀의 강한 개성—혹은 '흡인력'이라고도 할 수 있는 것—은 바로 그 평범하지 않은 외모가 있기에 비로소 효력을 발휘하는 것이었기 때문이다. 요컨대 F*가 풍기는 세련미와 추한 외모의 크나큰 격차가 독자적인 다이너미즘을 구축하는 것이다. 그리고 그녀는 그 힘을 의식하고 조정하고 행사할 줄 알았다.

그녀의 얼굴이 어디가 아름답지 않은가=못생겼는가를 구상具象적으로 묘사하기란 지극히 어렵다. 제아무리 온갖 말을 동원해 정밀하게 묘사하고 설명한들, 그녀의 외모가 지닌 특이성의 실체를 읽는 이에게 전달하기는 불가능에 가깝기 때문이다. 딱한 가지 확언할 수 있는 건 그녀의 이목구비에서 기능적으로 미비한 점은 하나도 찾아볼 수 없다는 것이다. 요컨대 여기가 좀 이상하다, 저기를 잘 고치면 한결 낫지 않을까, 하는 유의 문제가 전혀 아니다. 한 부분 한 부분에는 이렇다 할 결함이 없다. 하지만 그 부분들이 하나로 조합되면 누가 봐도 틀림없는, 유기적이고도 종합적인 추함이 생겨난다(좀 이상한 비유지만 그 과정은 비너스의 탄생을 연상케 한다). 그리고 그 총체로서의 추함을 언어나 논리로 풀어내기란 거의 불가능하고, 아마 성공한다 해도 대단한 의미는 갖지 못할 것이다. 우리에게 주어지는 것은 눈앞의 상황을 '원래 그런 것'으로 무조건 수용하는가, 아니면 처음부터 아예 거부하든가, 두 가지 선택지뿐이다. 포로를 취하지 않기로 합의한 전쟁과도 같다.

톨스토이는 소설 『안나 카레니나』 첫머리에서 행복한 가정은 모두 엇비슷하지만 불행한 가정은 저마다 사정이 다르다고 썼는데, 여자 얼굴의 미추에 대해서도 거의 같은 말을 할 수 있지 싶다. 내 생각에(어디까지나 개인적 견해로 받아들여주었으면 하는데), 아름다운 여자는 대부분 '아름답다'는 공통항으로 한데 묶을 수 있다. 그녀들은 저마다 황금빛 털을 지닌 아름다운 원숭이를 한 마리씩 등에 업고 있다. 원숭이들의 털의 광택이며 빛깔은 조금씩 다르지만, 그들이 발하는 눈부신 빛에 결국은 다 비슷해 보인다.

그에 비해 못생긴 여자들은 한 사람 한 사람 독자적으로 거친 털의 원숭이를 업고 있다. 원숭이들의 털이 어떻게 거칠고, 듬성듬성하고, 지저분한지는 저마다 세세하게 차이가 있다. 그리고 그 원숭이들은 거의 빛나지 않기에 황금색 눈부심이 우리 눈을 어지럽힐 일도 없다.

하지만 F*가 업은 원숭이는 무척 다양한 얼굴을 가졌고, 털은 동시에 몇 가지 빛깔을—결코 빛나지는 않을지언정—복합적으로 갖추고 있었다. 그래서 그 원숭이의 인상은 보는 각도에 따라, 그날의 날씨며 풍향에 따라, 또한 시각에 따라 상당히 크게 바뀌었다. 다시 말해 그녀의 추한 외모는 갖가지 추함의 요소가 어떤 엄숙한 규칙하에 한데 불려와서 특별한 압축력으로 결정화한 결과였다. 그리고 그녀의 원숭이는 머뭇거리는 기색 없이 매우 편한 모습으로 그녀의 등에 조용히 매달려 있었다. 마치 모든 일의 원인과 결과가 세상의 중심에서 하나가 되어 얼싸안듯이.

두번째로 F*를 만났을 때, 나는 그 점을 어느 정도(아직 적절한 표현을 찾지는 못했지만) 인식할 수 있었다. 그녀의 추함을 이해하는 데는 나름대로 시간이 걸린다. 그리고 직관과 철학, 윤리 같은 것도 필요하다. 또한 아마 약간의 인생 경험도 요구될 것이다. 그렇게 그녀와 시간을 보내다보면, 어느 단계에서 우리는 문득 작은 긍지를 느끼게 되는 것이다. 자신이 마침 그런 직관이며 철학, 윤리, 인생 경험을 갖추고 있었다는 사실에 대해.

두번째로 그녀를 만난 것은 역시 콘서트장에서였다. 산토리홀만큼 큰 공연장은 아니다. 프랑스의 여성 바이올리니스트 콘서트였다. 프랑크와 드뷔시의 바이올린소나타를 연주했던 것으로 기억한다. 훌륭한 바이올리니스트이고 그 두 곡은 평소 자신있어하는 레퍼토리였지만, 솔직히 그날의 연주는 썩 좋지 않았다. 앙코르로 연주한 크라이슬러의 두 곡은 매우 차밍했지만.

공연장을 나와 택시를 기다리는데 그녀가 뒤에서 말을 걸었다. 그때 F*는 여자 친구와 함께였다. 날씬하고 몸집이 작은 미인 친구였다. F*는 따지자면 키가 큰 편이다. 나보다 조금 작은 정도다.

"저기, 좀 걸어가면 괜찮은 술집이 있는데, 괜찮으시면 같이 와인이라도 마시는 거 어때요?" 그녀가 말했다.

좋죠, 하고 나는 말했다. 아직 이른 시간이고 음악에 한껏 몰입하지 못한 탓에 욕구불만 같은 것이 내 안에 남아 있었다. 누군가와 와인을 한두 잔 마시면서 좋은 음악에 대해 얘기하고픈 기분이었다.

우리 셋은 근처 뒷길에 있는 작은 비스트로에 자리잡고 가벼운 안주와 와인을 주문했는데, 얼마 지나지 않아 미인 친구의 휴대전화가 울리더니 그녀가 곧 자리를 떴다. 집에서 키우는 고양이가 아프다는 전화가 온 것이다. 그렇게 나와 F* 둘만 남았다. 하지만 그렇다고 내가 딱히 낙담한 것은 아니다. 이미 F*라는 여자에게 상당히 개인적인 흥미를 품기 시작했기 때문이다. F*는 무척 고상한 차림이었고, 파란색 실크 드레스가 한눈에도 고급스러웠다. 착용한 액세서리도 실로 완벽했다. 심플하지만 눈길을 끈다. 그녀가 결혼반지를 끼고 있음을 알아차린 것은 그때였다.

나와 그녀는 그날의 콘서트에 대해 이야기했다. 바이올리니스트의 컨디션이 썩 좋지 않았다는 데 우리의 의견이 일치했다. 몸이 안 좋았는지, 아니면 손가락에 통증이 있었는지, 배정받은 호텔방이 불만이었는지, 그것까진 모른다. 하지만 필시 무슨 트러블이 있었으리라. 콘서트를 부지런히 다니다보면 종종 그런 날을 만난다.

그뒤에 나와 그녀는 각자 좋아하는 음악에 대해 이야기했다. 우리는 피아노곡을 좋아한다는 데 의견이 일치했다. 물론 오페라도 듣고, 교향곡도 듣고, 실내악도 듣는다. 하지만 가장 좋아하는 것은 피아노 독주곡이었다. 그리고 그중에서 특히 애호하는 작품이, 신기할 만큼 정확히 겹쳤다. 우리 둘 다 쇼팽의 음악에는 그다지 항구적인 열의를 품지 못했다. 적어도 아침에 눈뜨

자마자 듣고 싶어지는 음악은 아니다. 모차르트의 피아노소나타
는 아름답고 차밍하지만, 솔직히 말해 너무 많이 들어서 질렸다.
바흐의 평균율은 근사한 작품이지만 집중해서 듣기에는 너무 길
다. 컨디션을 가다듬을 필요가 있다. 베토벤의 피아노소나타는
가끔 너무 빤한 대목이 거슬린다. 해석도 일단 할 수 있는 데까
지는 했다(고 우리는 생각한다). 브람스의 피아노곡은 가끔 들으
면 멋지지만, 매일 듣다가는 피곤해진다. 가끔은 따분하기도 하
다. 드뷔시와 라벨의 피아노곡은 감상하는 시간과 상황을 잘못
고르면 영 와닿지 않는다.

　우리가 이의를 제기할 바 없이 훌륭한, 이른바 궁극의 피아노
곡으로 선택한 것은 슈베르트의 피아노소나타 몇 곡과 슈만의
피아노 작품이었다. 그중에서도 한 곡만 남긴다면 뭐가 좋을까?

　딱 한 곡만?
　그래요, 딱 한 곡만, 하고 F*는 말했다. 말하자면 무인도에 가
져갈 피아노곡.
　어려운 질문이다. 집중해서 곰곰이 생각할 시간이 필요했다.
　"슈만의 〈사육제〉"라고 나는 끝내 마음먹고 말했다.
　F*는 실눈을 뜨고 한동안 내 얼굴을 똑바로 바라보았다. 그러
고는 양손을 테이블 위에서 깍지 끼고, 관절을 또각또각 꺾었다.

정확히 열 번. 주위 사람들이 모두 이쪽을 돌아볼 정도로 큰 소리가 났다. 사흘 지난 바게트를 무릎에 대고 부러뜨리는 것처럼 메마른 소리였다. 남녀 불문하고 그렇게 큰 소리로 관절을 꺾을 수 있는 사람은 그리 흔치 않다. 나중에 밝혀진 바로, 양손 관절을 힘주어 열 번 꺾는 것은 그녀가 긍정적으로 흥분했을 때마다 꼭 나오는 버릇이었다. 하지만 그때는 그런 사실을 몰랐으니, 그녀가 무슨 이유에선가 화가 난 줄 알았다. 아마 〈사육제〉라는 선택이 부적절했나보다. 그래도 어쩔 수 없다. 나는 옛날부터 슈만의 〈사육제〉를 무척 좋아했으니까. 만약 그것 때문에 누가 화를 내고 주먹을 날린다 해도, 역시 거짓말은 할 수 없다.

"정말로 〈사육제〉면 되겠어요? 동서고금 피아노곡 중에서 딱 한 곡만 무인도로 가져갈 수 있다는데." 그녀가 미간을 찌푸리고는 긴 손가락을 하나 쳐들고 확인하듯 말했다.

그렇게까지 말하니 나도 썩 자신할 수 없었다. 만화경처럼 아름다우며 인지人智를 초월해 지리멸렬히 펼쳐지는 슈만의 그 피아노곡을 남기기 위해, 바흐의 〈골트베르크 변주곡〉과, 평균율과, 베토벤의 후기 피아노소나타와, 웅장하고도 차밍한 3번 콘체르토를, 눈 딱 감고 포기해버릴 수 있는가?

잠시 무거운 침묵이 흐르고, F*는 손의 상태를 점검하듯 몇 번 힘주어 양 주먹을 쥐었다. 그러고는 말했다.

"당신 취향이 꽤 괜찮네요. 그리고 그 용기에 감탄했어요. 음, 나도 그렇게 할래요, 슈만의 〈사육제〉만 남기기로."

"정말로?"

"네, 정말로. 나도 〈사육제〉는 옛날부터 무척 좋아했어요. 아무리 들어도 신기하게 질리지 않아요."

그리고 나서 우리는 〈사육제〉에 대해 오랜 시간 동안 이야기했다. 이야기하면서 피노 누아르 한 병을 주문해 바닥내버렸다. 그렇게 우리는 부담 없는 친구 사이가 되었다. 말하자면 〈사육제〉 친구다. 그 관계는 결국 반년 정도밖에 이어지지 않았지만.

우리 두 사람이 만든 것은 사적인 〈사육제〉 동호회 같은 것이었다. 꼭 두 사람이어야 할 필요는 없었지만 인원수가 둘을 넘는 일은 없었다. 그도 그럴 것이, 우리 말고 우리만큼 슈만의 〈사육제〉를 애호하는 사람은 한 명도 발견하지 못했으니까.

우리는 그뒤로 상당히 많은 수의 〈사육제〉 레코드와 CD를 들었다. 어느 콘서트에서 누가 이 곡을 친다고 하면 만사 제치고 같이 들으러 갔다. 노트에 따르면(나는 각각의 연주에 대해 자세한 기록을 남겼다), 우리는 세 명의 피아니스트가 〈사육제〉를 연주하는 콘서트에 갔고, 총 마흔두 장의 〈사육제〉 레코드와 CD를 들었다. 그리고 그 연주에 대해 머리를 맞대고 의견을 교환했다.

실로 많은 동서고금의 피아니스트가 〈사육제〉를 녹음했다. 제법 인기 있는 레퍼토리인 것이다. 그럼에도 불구하고 '이거다' 하고 수긍할 만한 연주를 꼽으려 들면 그리 많지 않다는 사실을 우리는 발견했다.

연주가 아무리 기교적으로 완벽하다 해도, 그것을 구사하는 방법이 음악과 조금이라도 어긋나면 〈사육제〉라는 곡은 그저 무기질적인 손가락 운동으로 전락해버린다. 매력의 태반이 사라져버린다. 사실 대단히 표현하기 어려운 난곡이다. 어지간한 피아니스트는 감당하지 못한다. 구체적으로 실명을 언급하진 않겠지만, 세간에서 대가로 통하는 피아니스트조차 이 곡에서만은 그르친 연주, 재미없는 연주를 하는 경우가 적지 않다. 또한 이 곡을 경원시하는(그렇다고밖에 볼 수 없는) 피아니스트도 많다. 블라디미르 호로비츠는 생애를 통틀어 슈만의 음악을 즐겨 연주했지만, 어째서인지 〈사육제〉는 정규 녹음을 남기지 않았다. 스뱌토슬라프 리흐테르도 마찬가지다. 그리고 언젠가 마르타 아르헤리치가 연주하는 〈사육제〉를 꼭 들어보고 싶다는 건 나 하나만의 소망이 아닐 것이다.

참고로 슈만과 동시대를 살았던 사람 중 그 음악의 훌륭함을 알아준 이는 거의 없었다. 멘델스존도 쇼팽도, 슈만의 피아노곡을 높이 평가하지 않았다. 그의 작품을 헌신적으로 꾸준히 연주해온 아내 클라라조차(그녀는 당대의 손꼽히는 명피아니스트였다) 이렇게 변덕스러운 즉흥곡 같은 피아노 작품 말고 정통 오페라나 교향곡을 쓰면 좋을 텐데, 라고 속으로는 생각했다고 한다. 소나타 같은 고전적인 형식을 원래부터 선호하지 않았던 슈만은 이따금 종잡을 수 없을 만큼 몽상적인 작품을 써냈다. 기성 고전주의에서 벗어나 바야흐로 새로운 낭만파 음악을 시동하려 했지만, 많은 동시대인의 눈에는 확실한 기초와 내용이 결여된, 익센트릭한 작품으로밖에 비치지 않았다. 결과적으로는 그 대담할 정도의 익센트리시티가 낭만파 음악을 전진시키는 강력한 추진력이 되었지만.

어쨌거나 그 반년 동안, 우리는 틈나는 대로 열심히 〈사육제〉를 들었다. 물론 〈사육제〉만 들은 것은 아니고 때로는 모차르트도 듣고 브람스도 들었지만, 직접 만나면 반드시 누군가의 〈사육제〉에 귀기울이고, 그에 대한 의견을 교환했다. 내가 서기를 맡아서 우리의 의견을 요약하고 기록했다. 그녀가 우리집에 온 적도 몇 번 있었지만, 내가 그녀의 집으로 가는 쪽이 훨씬 많았다. 그녀의 집은 도심에 있었고 우리집은 교외였기 때문이다. 그렇게 둘이서 총 마흔두 장의 〈사육제〉를 듣고 난 후, 그녀는 아르투로 베네데티 미켈란젤리의 연주(엔젤반)를 베스트로 꼽았고, 나의 베스트는 아르투르 루빈스타인의 연주(RCA반)였다. 우리는 한 장 한 장의 음반을 면밀히 채점했지만, 물론 그런 순위에 중요한 의미를 두지는 않았다. 그건 덤으로 따라오는 놀이 같은 것이었다. 우리에게 무엇보다 중요했던 건 자신이 사랑하는 음악에 대해 주고받는 심도 있는 대화, 열의를 품을 수 있는 무언가를 거의 목적 없이 공유하고 있다는 감각이었다.

열 살 정도 아래의 이성과 그렇게 자주 만나면 보통은 가정에서 파란이 일 만도 한데, 내 아내는 그녀에게 조금도 신경쓰지 않았다. 무관심의 가장 큰 이유가 그녀의 외모였음은 굳이 말할 필요 없으리라. 나와 F* 사이에 성적인 관계가 생길지도 모른다는 의심은 아내의 머릿속에 눈곱만큼도 떠오르지 않는 듯했다. 그것은 그녀의 외모가 가져온 최고의 은전恩典이었다. 취향 특이한 사람들, 이라고 아내는 생각하는 눈치였다. 아내는 클래식을 별로 열심히 듣지 않았으며, 공연장에서도 웬만해서는 따분해했다. F*를 '당신 여자친구'라고 불렀고, 다소 빈정거림을 담아 '당신의 멋쟁이 여자친구'라 부를 때도 있었다.

F*의 남편을 만난 적은 없다(그녀에게 자식은 없었다). 우연히 내가 찾아갈 때마다 남편이 부재중이었는지, 아니면 그녀가 남편이 없는 시간을 골라 나를 집으로 불렀는지, 그도 아니면 남

편이 대부분의 시간 집을 비우는 건지는 알 수 없었다. 사실을 따지고 들면, 그녀에게 정말로 남편이 있는지 어떤지조차 나는 확언할 수 없었다. 그녀가 남편 이야기를 일절 꺼내지 않았기 때문이다. 그리고 내가 기억하는 한, 그 집에서는 남자가 사는 기척이나 흔적을 거의 찾아볼 수 없었다. 어쨌거나 그녀는 자신에게 남편이 있다고 공언했고, 왼손 약지에는 금반지가 찬란히 빛나고 있었다.

또한 그녀는 자신의 과거 이야기도 일절 입에 담지 않았다. 어느 지방 출신이고, 어떤 가정에서 자랐고, 어떤 학교를 나와서 어떤 일을 해왔는지, 그런 이야기를 전혀 하지 않았다. 내가 개인사에 대해 질문하면 모호하게 얼버무리거나 말 대신 미소로 응할 뿐이었다. 알 수 있는 것은 일종의 전문직에 종사하는 듯하며(적어도 회사원은 아니다), 상당히 풍족한 생활을 누린다는 것뿐이었다. 그녀는 신록에 둘러싸인 다이칸야마의 멋들어진 3LDK 맨션에 살면서, 갓 뽑은 듯한 BMW 세단을 몰았다. 거실에 놓인 오디오세트도 고가품이었다. 어큐페이즈사의 하이엔드 프리메인 앰프와 CD플레이어, 린에서 나온 스마트한 대형 스피커. 그리고 언제나 깔끔한 옷을 입고 다녔다. 나는 여자 옷에 대해서는 별로 아는 게 없지만, 그런 내가 봐도 하나같이 고가의 명품 브랜드란 사실을 알 수 있었다.

음악에 대해, 그녀는 대단히 박식했다. 듣는 귀가 아주 날카롭고, 그것을 표현할 때도 매우 재빠르고 적절하게 말을 고를 줄 알았다. 음악적 지식도 깊고 폭넓었다. 하지만 음악 이외의 면에서 그녀는 내게 거의 수수께끼에 가까운 존재였다. 그녀는 자기가 말할 생각이 없는 것에 대해서는 아무리 부추겨도 절대 입을 열지 않았다.

한번은 슈만에 대해 이렇게 말했다.

"슈만은 슈베르트와 마찬가지로 젊어서 매독에 걸렸고, 그 병을 몸속에 지닌 채 점점 광기에 사로잡혀갔어. 게다가 원래부터 분열증 증세가 있었지. 일상적으로 집요한 환청에 시달리고, 몸이 한번 떨리기 시작하면 멈추지 않았어. 그는 자신이 악령들에게 쫓긴다고 믿었어. 악령들의 존재를 진짜로 믿은 거야. 끝나지 않는 무서운 악몽에 쫓겨서는, 공포를 이기지 못하고 자살을 기도했어. 라인강에 몸을 던지면서까지. 내적인 망상과 바깥의 현실이 그의 안에서 떼어낼 수 없이 뒤섞여간 거야. 이 〈사육제〉는 꽤 초기의 작품이라, 아직 그의 악령들이 뚜렷이 얼굴을 내밀지 않았어. 카니발 축제가 무대이니 도처에 명랑한 가면을 쓴 자들이 넘쳐나지. 하지만 그저 단순히 흥청거리기만 하는 카니발이 아니야. 이 음악에는 이윽고 그의 안에서 온갖 잡귀로 발전할 것이 차례차례 얼굴을 내밀거든. 가볍게 첫선을 보이듯, 모두 유쾌

한 카니발의 가면을 쓰고서. 일대에는 불길한 봄바람이 불고 있어. 그리고 피가 뚝뚝 떨어지는 고기가 모든 이에게 대접되지. 사육제. 이건 바로 그런 유의 음악이야."

"그러므로 연주자는 등장인물들의, 가면과 그 아래 얼굴 양쪽 모두를 음악적으로 표현해야 한다—그런 뜻이야?" 내가 물었다.

그녀는 고개를 끄덕였다. "맞아, 그거야. 바로 그거. 그것이 표현되지 못한다면 이 곡을 연주하는 의미가 전혀 없다는 게 내 생각이야. 이 작품은 어찌 보면 환락의 극치에 있는 음악이지만, 말하자면, 환락이 있기에 비로소 정신의 밑바닥에 생식生息하는 사악한 것들이 얼굴을 내밀 수 있는 거야. 그들은 암흑 속에 있다가 환락의 음색에 이끌려 밖으로 나오지."

그녀는 한동안 침묵에 잠겼다. 그러고는 이야기를 계속했다.

"우린 누구나 많건 적건 가면을 쓰고 살아가. 가면을 전혀 쓰지 않고 이 치열한 세상을 살아가기란 도저히 불가능하니까. 악령의 가면 밑에는 천사의 민낯이 있고, 천사의 가면 밑에는 악령의 민낯이 있어. 어느 한쪽만 있을 수는 없어. 그게 우리야. 그게 카니발이고. 그리고 슈만은 사람들의 그런 여러 얼굴을 동시에 볼 줄 알았어—가면과 민낯 양쪽을. 왜냐하면 스스로 영혼을 깊이 분열시킨 인간이었으니까. 가면과 민낯의 숨막히는 틈새에서 살던 사람이니까."

그녀는 사실은 '추한 가면과 아름다운 민낯—아름다운 가면과 추한 민낯'이라고 말하고 싶었는지도 모른다. 나는 그때 그렇게 생각했다. 그녀는 필시 자신의 무언가에 대해 이야기하고 있었던 것이다.

"가면을 쓰고 있는 사이 얼굴에 들러붙어서 뗄 수 없어진 사람도 있을 수 있겠네." 내가 말했다.

"그래, 그런 사람도 있을 수 있지." 그녀는 조용히 말했다. 그리고 살짝 미소 지었다. "하지만 설령 가면이 얼굴에 달라붙어 떨어지지 않는다 해도, 그 아래 또다른 민낯이 있다는 사실은 바뀌지 않아."

"아무도 그것을 볼 수 없을 뿐이고."

그녀는 고개를 젓고 말했다. "그게 보이는 사람도 틀림없이 있을걸. 분명 어딘가에 있어."

"하지만 그런 것을 볼 수 있었던 로베르트 슈만은, 결국 행복해지지 못했어. 매독과 분열증과 악령들 때문에."

"그래도 이렇게 환상적인 음악을 남겼잖아. 다른 사람들은 쓸수 없을, 비범한 곡을 썼어." 그녀는 말했다. 그리고 크고 메마른 소리를 내면서 양쪽 손가락 관절을 하나하나 꺾었다. "매독과 분열증과 악령들 덕분에. 행복이라는 건 어디까지나 상대적인 거야. 그렇지 않아?"

"그럴지도 모르지." 내가 말했다.

"블라디미르 호로비츠가 라디오방송에서 슈만의 소나타 F단조를 녹음한 적 있어." 그녀가 말했다. "그 얘기 들어봤어?"

"아니, 못 들어본 것 같은데." 내가 말했다. 슈만의 그 3번 소나타는 듣는 사람이나 연주하는 사람이나 (아마도) 적잖이 에너지가 소비되는 곡이다.

"그는 라디오로 자기 연주를 듣고는 의기소침해져서 머리를 감싸쥐었대. 형편없다면서."

그녀는 레드와인이 절반쯤 남은 잔을 손안에서 굴리며 잠시 가만히 바라보았다. 그러고는 말했다.

"그리고 이렇게 말했어. '슈만은 미치기까지 했는데, 내가 다 소용없게 만들어버렸다'고. 이거, 세상에서 가장 근사한 의견 같지 않아?"

"근사해." 내가 동의했다.

나는 그녀를 어떤 의미에서는 매력적인 여자라고 생각했지만, 특별히 성적인 관계를 갖고 싶다고는 생각하지 않았다. 그런 면에서는 아내의 판단이 맞았던 셈이다. 하지만 내가 그녀와 성적인 관계를 갖지 않았던 것은 딱히 그녀의 외모 때문은 아니다. 그녀의 외모 자체는 우리가 육체관계를 가지는 데 장애가 되지 않았으리라 생각한다. 내가 그녀와 자지 않았던 것은—실제로 그럴 마음이 들지 않았던 것은—그 가면의 미추보다는 오히려 그 안쪽에 마련되어 있는 것을 눈으로 확인하기 두려웠던 탓인지도 모른다. 그것이 악령의 얼굴이건, 천사의 얼굴이건.

10월에 접어들고 한동안 F*에게서 연락이 없었다. 나는 새로운 (그리고 얼마간 흥미로운) 〈사육제〉 CD를 두어 장 입수했고 그것을 같이 들을 생각으로 몇 번 전화를 걸어봤지만, 그녀의 휴대전화는 매번 부재중 메시지로 넘어갔다. 메일도 몇 번 보냈지만 답이 오지 않았다. 그렇게 가을의 몇 주가 지나고, 10월도 끝이 났다. 11월이 찾아오고 사람들은 코트를 입기 시작했다. 그녀와 알고 지낸 뒤로 그렇게 오랫동안 연락이 끊기기는 처음이었다. 어딘가로 긴 여행을 떠났는지도 모른다. 아니면 몸이 안 좋은지도.

텔레비전에 나온 그녀를 처음 발견한 것은 아내였다. 그때 나는 내 방 책상 앞에 앉아 일하고 있었다.

"무슨 일인지는 잘 모르겠지만, 당신 여자친구가 뉴스에 나오는데?" 아내가 말했다. 생각해보면 그녀는 F*라는 이름을 입에 담은 적이 한 번도 없다. 항상 '당신 여자친구'다. 하지만 내가 텔레비전 앞에 갔을 때는 이미 그 뉴스가 끝나고, 새끼 판다 뉴스가 나오는 중이었다.

정오가 되기를 기다렸다가 새 뉴스를 보았다. 그녀는 네번째 소식으로 모습을 보였다. F*는 경찰서로 보이는 건물에서 나와 계단을 내려와서, 짙게 선팅한 승합차에 올라타는 참이었다. 그 짧은 거리를 천천히 걸어가는 모습이 카메라에 담겼다. 의심의 여지 없이 F*였다. 웬만해서는 그녀의 얼굴을 착각할 수 없다. 수갑을 찬 듯, 앞으로 내민 양손 위에 어두운색의 코트가 덮여 있었다. 여경 두 명이 양쪽에서 팔을 붙잡고 있었다. 그런데도 그녀는 고개를 숙이거나 하지 않았다. 입을 꾹 다물고, 별일 아니라는 듯 앞쪽을 바라보고 있었다. 하지만 그 두 눈에는 아무런 표정도 떠올라 있지 않았다. 마치 물고기 눈 같다. 머리가 약간 흐트러졌지만, 그것 말고는 평소의 그녀와 똑같은 모습이었다. 요컨대 여느 때와 다름없는 외모를 여느 때와 다름없이 유지하고 있었다는 얘기다. 하지만 텔레비전 화면에 비친 그녀의 얼굴에서는 평소에 볼 수 있던 생생한 무언가가 사라져 있었다. 혹은 의도적으로 가면 너머에 은닉하고 있었다.

아나운서가 F*의 본명을 밝히고, 대형 사기 사건의 공범으로 **서에 체포된 경위를 보도했다. 보도에 따르면 사건의 주범은 그녀의 남편이고, 며칠 전에 이미 체포되었다. 그가 체포될 당시의 녹화 영상도 나왔다. 그렇게 해서 나는 그녀의 남편 얼굴을 처음 보게 되었는데, 그가 너무도 수려한 외모의 소유자임을 확인하고 말을 잃었다. 마치 직업 모델처럼, 거의 비현실적이라고 할 정도의 미남이었다. 나이도 그녀보다 여섯 살 적었다.

물론 그녀가 핸섬한 연하남과 결혼했다고 내가 충격을 받을 이유는 어디에도 없다. 서로 외모가 다른 부부는 얼마든지 많다. 내 주위에도 그런 부부가 몇 쌍 있다. 그런데도 F*와 그 경이적으로 핸섬한 남자가 한 지붕 아래—다이칸야마의 세련된 맨션에서— 평범한 부부처럼 생활하는 모습을 구체적으로 떠올리면, 이상하게도 매우 곤혹스러워지는 것이었다. 세상의 많은 사람도 뉴스로 두 사람의 얼굴을 보고 그 엄청난 미추의 격차에 경악했을 테지만, 내가 그때 느낀 위화감은 훨씬 개별적인 것이자 깊고 국소적인 것이었다. 피부 여기저기가 따끔거리기까지 했다. 거기에는 어딘가 불건전한 것이 있었다. 그리고 또한 거기에는 뭔가, 그렇다, 특수한 사기를 당했을 때 같은 막막한 무력감이 있었다.

두 사람이 체포된 혐의는 자산운용 사기였다. 대충 투자회사를 날조해서 높은 이율을 약속하고 일반 시민에게서 자금을 모아서는, 실제로는 아무것도 하는 것 없이, 끌어온 돈을 이쪽에서 저쪽으로 굴리며 돌려 막는 조잡한 수법이다. 그런 줄타기는 누가 생각해도 늦건 빠르건 파탄날 것이 뻔하다. 척 보기에도 똑똑한 그녀가, 그리고 슈만의 피아노곡을 심도 있게 이해하고 애호하는 그녀가 왜 그렇게 단순 무식한 범죄에 가담하게 되었는지, 돌이킬 수 없는 길에 발을 들여놓게 되었는지 나는 짐작도 가지 않았다. 그 남자와의 관계성에, 범죄의 소용돌이로 그녀를 끌어들이는 어떤 부정적인 힘이 내포되어 있었는지도 모른다. 소용돌이의 중심에 그녀의 개인적인 악령이 몰래 몸을 숨기고 있었는지도 모른다. 나는 그렇게밖에 생각할 수 없었다.

사건의 피해액은 총 십억 엔이 넘었고, 피해자의 대부분은 연금을 받아 생활하는 노령자였다. 소중한 노후자금을 송두리째 날리고 발을 동동 구르는 사람들이 텔레비전 화면에 비쳤다. 그들이 정말 안됐긴 하지만, 아마 돌이키긴 힘들 것이다. 그리고 어차피 이것도 흔해빠진 진부한 범죄일 뿐이었다. 많은 사람은 어째서인지 진부한 거짓말에 이끌린다. 혹은 거꾸로 그 진부함이 사람들을 끌어들이는지도 모른다. 이 세상에는 사기꾼이 끊이지 않고, 사기에 걸려드는 사람 또한 끊이지 않는다. 텔레비전에서 패널들이 뭐라고 설명하건, 누구를 비판하건, 그것은 조수간만의 차처럼 명백한 사실이다.

"그래서, 어쩔 건데?" 뉴스가 끝나자 아내가 내게 물었다.

"어쩌기는 뭘 어쩌겠어." 나는 리모컨으로 텔레비전 전원을 끄고 말했다.

"하지만 저 사람, 당신 친구잖아?"

"가끔 만나서 음악 얘기를 했을 뿐이야. 다른 건 하나도 몰라."

"투자 얘기를 꺼내거나 한 적은 없었어?"

나는 말없이 고개를 저었다. 뭐가 어찌됐건 그녀는 그런 얘기에 나를 끌어들이지 않았다. 그것만은 단언할 수 있었다.

"대화를 많이 해본 건 아니지만, 나쁜 짓을 할 사람 같지는 않았는데." 아내는 말했다. "모를 일이네."

아니, 전혀 모를 일만도 아니다, 라고 나는 그때 문득 생각했다. F*에게는 일종의 특별한 흡인력 같은 것이 있었다. 그리고 거기에는—그녀의 특이할 정도의 외모에는—어딘지 모르게 사람의 마음을 파고드는 힘이 있었다. 그녀에 대한 내 호기심을 자아낸 것도 그 힘이었다. 그리고 그런 그녀의 특수한 흡인력과 젊은 남편의 모델급 외모가 하나로 합쳐지면, 어쩌면 많은 일이 가능해질지도 모른다. 사람들은 그 합성물에 거역하지 못하고 끌려들어갈지도 모른다. 그곳에서 악의 방정식 같은 것이, 상식과 논리를 뛰어넘어 기능할지도 모른다. 과연 무엇이 어떻게 해서, 조금도 비슷하지 않은 두 사람을 하나의 유닛으로 이뤄주었는지는 알 길이 없지만.

그뒤 며칠 동안 뉴스에서는 그 사건을 다루었고, 그때마다 매번 같은 영상이 나왔다. 그녀는 물고기 같은 눈으로 앞쪽을 바라보았고, 핸섬한 연하의 남편은 잘생긴 얼굴로 카메라를 보았다. 가느다란 입술 양끝이 거의 반사적으로 살짝 올라가 있었다. 영화배우들이 곧잘 그러듯이, 말하자면 직업적으로. 덕분에 그는 마치 세상을 향해 미소 짓는 것처럼 보였다. 그 얼굴은 잘 만든 가면처럼 보이기도 했다. 하지만 어쨌거나 일주일이 지나자 그 사건은 거의 잊혀갔다. 적어도 방송에서는 더이상 관심을 갖지 않았다. 나는 신문과 주간지를 통해 사건의 추이를 따라잡으려 했지만, 그것 역시 물줄기가 모래땅에 스며들듯 점점 가늘어지더니, 이윽고 사라져버렸다.

그렇게 F* 또한 내 앞에서 완전히 모습을 감추었다. 그녀가 어디 있는지 나로서는 알 수 없었다. 구치소에 있는지, 교도소에 갔는지, 혹은 보석으로 풀려나 집에 돌아왔는지, 전혀 알 길이 없다. 재판에 회부되었다는 기사는 어디서도 보지 못했다. 그러나 아마 재판을 받긴 했을 테고, 피해액의 규모로 미루어 적잖은 형기를 선고받았을 것이다. 신문과 잡지 기사에 따르면, 그녀가 남편을 적극적으로 도와 법을 위반했다는 사실은 상당히 명백했으므로.

그로부터 제법 오랜 세월이 흘렀지만, 지금도 슈만의 〈사육

제〉를 연주하는 콘서트가 열리면 가능한 한 발길을 옮긴다. 그
리고 그때마다 객석을 열심히 둘러보면서, 혹은 휴식시간에 로
비에서 와인잔을 기울이면서 그녀의 모습을 찾는다. 실제로 발
견한 적은 한 번도 없지만, 인파 속에서 그녀가 당장이라도 나
타날 것 같은 예감이 떠나지 않았다.

〈사육제〉의 새로운 음반도 여전히 사모으고 있다. 그리고 노
트에 채점을 매긴다. 수많은 신보가 나왔지만 나의 베스트는 지
금도 변함없이 루빈스타인이다. 루빈스타인의 피아노는 사람들
의 가면을 억지로 벗기려 하지 않는다. 그의 피아노는 가면과 민
낯 사이를 바람처럼 부드럽고 경쾌하게 빠져나간다.

행복이라는 건 어디까지나 상대적인 거야. 그렇지 않아?

그보다 더 과거로 거슬러올라가는 이야기.

대학생 때 한 번, 못생겼다고 할 정도는 아니어도 외모가 좀
별로인 여자애와 데이트한 적이 있다. 상당히 별로라고 말해버
려도 될 것이다. 친구 주선으로 더블데이트를 했는데, 그때 내
파트너로 나온 것이 그애였다. 친구의 여자친구와 같은 여자대
학 기숙사에 살았고 나보다 한 학년 아래였다. 넷이서 간단히 식
사한 뒤에 둘씩 따로 흩어졌다. 가을이 끝나갈 무렵이었다.

같이 공원을 산책하고, 카페에 들어가 커피를 마시면서 대화

를 나누었다. 그녀는 아담한 체구에 눈이 작았다. 그러나 한눈에도 성격이 좋아 보였다. 수줍은 듯 작은 소리로 말했는데, 목소리 자체는 또렷했다. 분명 좋은 성대를 타고난 듯했다. 대학에서는 테니스 동아리 활동을 한다고 했다. 부모님이 테니스를 좋아해서 어릴 적부터 같이 테니스를 쳤다고 한다. 건전한 일가다. 아마도 화목한 가정일 것이다. 그러나 나는 테니스를 거의 쳐보지 않아서 테니스 얘기를 같이 해줄 수는 없었다. 나는 재즈를 좋아했지만, 그녀는 재즈에 대해서는 거의 문외한이었다. 그래서 공통된 화제를 찾기 힘들었다. 그래도 그녀가 재즈 이야기를 듣고 싶어하기에, 나는 마일스 데이비스와 아트 페퍼 얘기를 했다. 어떻게 해서 재즈를 좋아하게 되었고, 재즈의 어떤 부분이 재미있는지. 그녀는 내 이야기를 열심히 들어주었다. 내용이 얼마나 전달되었을지는 알 수 없지만. 그뒤에 그녀를 역까지 바래다주고 헤어졌다.

헤어질 때 기숙사 전화번호를 받았다. 그녀는 수첩 백면에 번호를 적은 뒤 깔끔하게 찢어내서 내게 건넸다. 하지만 결국 내가 그녀에게 전화를 거는 일은 없었다.

며칠 후 더블데이트를 주선했던 친구를 만났더니, 그가 내게 사과를 했다. 그는 이렇게 말했다. "지난번에 그렇게 못생긴 애를 데려와서 미안. 실은 더 예쁜 애를 소개해줄 예정이었는데 갑자기 일이 생겼다길래, 할 수 없이 대타로 데려온 거야. 그때 기숙사에 개밖에 없었대서. 내 여자친구도 너한테 미안했다더라. 다음에 꼭 보답해줄게."

친구에게서 그 말을 듣자, 그녀에게 전화해봐야겠다는 생각이 들었다. 그녀는 분명 예쁜 편은 아니었다. 하지만 그냥 못생긴 애도 아니었다. 그 사이에는 적잖은 차이가 있다. 그리고 나는 그런 차이를 그대로 놔두고 싶지 않았다. 그것은 나에게는, 뭐라고 할까, 상당히 중요한 문제였다. 마음의 문제다. 그녀와 사귀는 일은 없을지도 모른다. 아마 없을 것이다. 하지만 한번 더 만나서 이야기를 할 수는 있다. 무슨 얘기를 하면 좋을지 몰라도, 뭔가 할 수 있는 얘기가 있을 것이다. 그녀를 그저 못생긴 애로 내버려두지 않기 위해서라도.

하지만 전화번호를 적은 쪽지가 아무리 찾아도 보이지 않았다. 분명히 코트 주머니에 넣어두었는데 아무데도 없었다. 어쩌면 필요 없는 영수증 따위와 같이 버려버렸는지도 모른다. 아마 그랬을 것이다. 어쨌든 그런 연유로, 그녀에게 전화를 걸지는 못했다. 친구에게 기숙사 전화번호를 물어보면 알려줬겠지만 뭐라고 반응할지 성가셔서 영 엄두가 나지 않았다.

그 일을 나는 아주 오랫동안 완전히 잊고 있었다. 한 번도 떠올린 적이 없다. 그러나 이렇게 F*의 이야기를 쓰는 사이, 그녀의 외모를 묘사하는 사이, 갑자기 그때 일이 머릿속에 되살아났다. 무척 생생하게.

스무 살 가을이 끝나갈 무렵, 나는 그 수려하지 않은 외모의 여자애와 딱 한 번 데이트하고, 해질녘 공원을 함께 산책했다. 커피를 마시면서, 아트 페퍼의 알토색소폰이 때때로 얼마나 근사하게 삐걱거리는지 자세히 설명했다. 어쩌다 음이 흐트러져서 나는 소리가 아니라, 그에게는 하나의 중요한 심적 상황의 표현이라고(그렇다, '심적 상황의 표현'이라고 나는 그때 실제로 말했다). 그리고 그뒤에 헤어지면서 받은 그녀의 전화번호 쪽지를, 나는 어딘가에서 영원히 잃어버리고 말았다. 말할 필요도 없이, 영원이란 매우 긴 시간이다.

그것들은 사사로운 내 인생에서 일어난 한 쌍의 작은 사건에 지나지 않는다. 지금 와서 보면 약간 길을 돌아간 정도의 에피소드다. 만약 그런 일이 일어나지 않았다 해도 내 인생은 지금과 별반 다르지 않을 것이다. 하지만 그 기억들은 어느 날, 아마도 멀고 긴 통로를 지나, 내가 있는 곳을 찾아온다. 그리고 내 마음을 신기할 정도로 강하게 뒤흔든다. 숲의 나뭇잎을 휘감아올리고, 억새밭을 한꺼번에 눕혀버리고, 집집의 문을 거세게 두드리고 지나가는 가을 끄트머리의 밤바람처럼.

시나가와 원숭이의 고백

내가 그 늙은 원숭이를 만난 곳은 군마현 M＊ 온천의 작은 료
칸이었다. 오 년쯤 전의 일이다. 허름한 정도가 아니라 곧 쓰러
질 것처럼 오래된 그 료칸에 묵게 된 것은 우연의 결과였다.

나는 발길 닿는 대로 혼자 여행하는 중이었는데, 한 온천 마을
에 도착해 열차에서 내리니 벌써 오후 일곱시가 지나 있었다. 가
을 끝자락에 접어든 무렵, 해가 떨어진 지 오래라 사방이 산간지
대 특유의 짙은 남색을 띤 깊은 어둠에 싸여 있었다. 산봉우리에
서 불어오는 싸늘하고 날카로운 밤바람에 손바닥만한 낙엽들이
버스럭버스럭 메마른 소리를 내며 길 위를 굴러다녔다.

마을 중심부를 걸으며 묵을 만한 곳을 찾았지만, 제대로 된 료
칸 중에서는 저녁식사 시간이 지난 뒤에 숙박객을 받아주는 곳

이 거의 없었다. 대여섯 군데에서 하나같이 문전박대를 당하고, 좀더 한산한 변두리에서 간신히 한 곳, 저녁식사 없이 잠만 잘 수 있는 온천 료칸을 발견했다. '기친야도'*라는 유서 깊은 표현 이 딱 어울릴 법한, 적막감이 감도는 숙박시설이었다. 세월이 켜켜이 쌓인 건물이지만 그저 낡았을 뿐 고풍스러운 분위기 같은 건 눈을 씻고 봐도 없다. 여닫이 문틀 곳곳이 미묘하게 뒤틀린 것처럼 보이기도 한다. 말썽이 생길 때마다 조금씩 손본 것이 원래의 건축과 따로 노는 탓이리라. 어쩌면 다음번 지진을 버티기는 어려울지도 모른다. 오늘내일 안에 큰 지진이 일어나지 않기를 비는 수밖에.

저녁은 없지만 아침식사까지 포함한 숙박비가 놀랄 만큼 저렴했다. 현관에 들어서자마자 보이는 간이 계산대 같은 곳에서, 머리카락이고 눈썹이고 한 올도 남지 않은 노인에게 선불로 숙박비를 냈다. 눈썹이 없는 탓에 커다란 두 눈이 유독 형형해 보였다. 옆에 깔린 방석 위에는 역시 상당히 나이든 커다란 갈색 고양이가 쌔근쌔근 잠들어 있었다. 코 상태가 별로 좋지 않은지 고양이치고 숨소리가 요란했다. 숨소리의 간격이 때때로 불온하게 흐트러졌다. 이곳에서는 모든 것이 나이들고, 낡고, 쇠락한 듯했다.

---

* 에도시대 길손이 연료비만 내고 자취하면서 묵었던 저렴한 여인숙.

안내받은 방은 이불장처럼 좁고, 천장의 불도 침침하고, 바닥은 걸을 때마다 삐걱삐걱 불길한 소리를 냈다. 하지만 이제 와서 호강에 겨운 소리를 할 수는 없다. 천장 있는 방에서 이불을 덮고 잘 수 있는 것만으로도 감지덕지다.

나는 유일한 짐인 큼지막한 숄더백을 방에 내려놓고, 마을로 나가(딱히 그 방에서 늘어져 여유를 즐기고 싶지는 않았다), 근처 국숫집에서 간단히 저녁을 먹었다. 어차피 그 집 말고 문을 연 음식점은 하나도 보이지 않았다. 맥주와 안주를 몇 가지 주문하고, 따뜻한 국수를 먹었다. 결코 맛있는 편이 아니었고 국물도 미지근했지만, 역시 호강에 겨운 소리는 할 수 없다. 주린 배를 안고 자는 것에 비하면 감지덕지다. 국숫집을 나와서 간단한 먹을거리와 위스키 작은 병이라도 살까 하고 편의점을 찾아보았지만, 그런 것은 어디에도 없었다. 여덟시가 지나자 문을 연 곳이라고는 공기총 오락장 몇 군데뿐이었다. 별수없이 료칸으로 돌아와, 유카타로 갈아입고 아래층에 있는 목욕탕으로 갔다.

건물과 설비에 비해 온천은 생각보다 그럴듯했다. 따로 농도를 조절하지 않았는지 목욕물이 진녹색이고 유황냄새도 요즘답지 않게 강렬해서 몸 구석구석까지 훈훈해졌다. 나 말고는 사람이 없어서(다른 숙박객이 있기나 한지도 의문이다), 느긋하게 마음껏 몸을 담글 수 있었다. 한동안 탕에 들어앉아 있자니 머리에

피가 몰려서 밖으로 나와 몸을 식혔다가 다시 들어갔다. 이렇게 겉으로는 볼품없는 료칸에 들어오기를 차라리 잘했다 싶었다. 대형 료칸에서 시끄러운 단체 손님을 맞닥뜨리는 것보다야 훨씬 낫다.

원숭이가 유리문을 드르륵 밀고 들어온 것은, 내가 탕에 세번째로 들어가 있을 때였다. 원숭이는 낮은 목소리로 "실례합니다"라고 말하면서 들어왔다. 상대가 원숭이임을 알아차릴 때까지 조금 시간이 걸렸다. 진한 유황냄새에 머리가 좀 멍한 상태이기도 했고, 애초에 원숭이가 말을 하리라고는 상상도 못하니까, 눈에 보이는 모습과 그것이 원숭이라는 동물이라는 인식이 곧바로 합쳐지지 못한 것이다. 나는 혼란스러운 머리로, 수증기 너머에 서 있는 원숭이의 모습을 잠시 바라보았다.

원숭이는 등뒤의 유리문을 닫고 목욕탕에 흩어진 대야를 정리하더니 커다란 온도계를 탕에 넣어 온도를 확인했다. 온도계 눈금을 보면서는 한껏 실눈을 떴다. 마치 신종 병원균을 관찰하는 세균학자처럼.

"물 상태는 어떻습니까?" 원숭이가 내게 물었다.

"아주 좋아. 고마워." 내가 말했다. 내 목소리는 수증기 속에서 부드럽고 도드라지게 울렸다. 그 울림에는 어떤 신화적 분위기마저 감돌았다. 나 자신의 목소리처럼 들리지 않았다. 마치 깊은 숲속에서 되돌아오는, 과거로부터의 메아리 같다. 그 메아리는…… 아니, 잠깐, 어떻게 이런 데 원숭이가 있고, 인간의 언어로 말하는 거지?

"등 밀어드릴까요?" 원숭이가 역시 낮은 목소리로 내게 물었다. 외관과 어울리지 않게, 두왑 코러스 그룹의 바리톤을 연상시키는 낭랑한 목소리였다. 말투에도 어색한 부분이 없어서 눈감고 들으면 영락없이 사람인 줄 알겠다.

"고마워." 내가 말했다. 특별히 누가 등을 밀어주길 바란 것은 아니었지만, 거절하면 '원숭이 따위에게 등을 밀어달라기는 싫은데'라는 뜻으로 비치지 않을까—그렇게 내심 우려해서다. 아마도 친절을 발휘해 한 말일 텐데 가능한 한 원숭이의 기분을 상하게 하고 싶지 않았다. 그래서 천천히 탕에서 나와, 작은 나무 의자에 원숭이 쪽으로 등을 보이고 앉았다.

원숭이는 옷을 입고 있지 않았다. 물론 원숭이는 일반적으로 옷을 입지 않는다. 그래서 특별히 기이하다 느끼지는 않았다. 나이가 든 듯 흰 털이 제법 눈에 띄었다. 원숭이는 수건에 비누를 묻히고, 능숙한 손놀림으로 요령 있게 내 등을 보드득보드득 밀기 시작했다.

"날이 많이 추워졌습니다." 원숭이가 말했다.

"그러게."

"조금 있으면 이 일대에 눈이 제법 쌓입니다. 그러면 눈 치우기가 큰일이지요."

잠시 침묵이 흐르는 사이 나는 큰맘먹고 물어보았다. "너는 인간의 말을 할 줄 아네?"

"네"라고 원숭이는 또랑또랑하게 대답했다. 아마 자주 받는 질문인가보다. "어려서부터 인간 손에서 자라다보니 그새 말을 배워버렸습니다. 도쿄 시나가와구에 꽤 오래 살았거든요."

"시나가와구 어디쯤?"

"고텐야마 근처입니다."

"좋은 데네."

"네, 아시다시피 무척 살기 좋은 곳입니다. 근처에 고텐야마 정원이 있어서 자연을 가까이할 수 있었지요."

거기서 대화가 일단 끊어졌다. 원숭이는 손에 힘을 주고 보드득보드득 계속 내 등을 밀었고(꽤 시원했다), 그사이 나는 열심히 머릿속을 합리화하고 정리했다. 시나가와에서 자란 원숭이? 고텐야마 정원? 아무리 그래도 원숭이가 이렇게 유창하게 말을 익힐 수 있을까? 하지만 어디로 보나 원숭이였다. 생긴 것은 원숭이 외의 그 무엇도 아니다.

"나는 미나토구에 살아." 내가 말했다. 거의 의미 없이 한 소리었다.

"그럼 바로 근처네요." 원숭이가 친밀감을 담아 말했다.

"시나가와에서는 누가 키워줬는데?" 내가 물었다.

"주인님은 대학교수셨어요. 물리학 전공이고, 가쿠게이대학
에서 교편을 잡으셨지요."

"지식인이셨네."

"네, 그렇습니다. 음악을 무척 좋아하셔서, 브루크너와 리하르
트 슈트라우스를 즐겨 들으셨습니다. 덕분에 저도 그런 음악을
좋아하게 되었죠. 어릴 때부터 계속 듣다보니까요. 서당개 삼 년
이면 풍월을 읊는다, 뭐 그런 거지요."

"브루크너를 좋아한다고?"

"네, 7번을 좋아합니다. 특히 3악장을 들으면 항상 용기가 납
니다."

"나는 9번을 자주 듣는데." 역시 별로 의미 없는 발언이었다.

"네, 그 곡도 실로 아름답지요." 원숭이가 말했다.

"그 선생님이 말을 가르쳐줬구나?"

"네. 슬하에 자녀가 없었던지라 그 대신이라고 할지, 틈나는
대로 저를 붙들고 가르치셨어요. 참을성이 엄청나고, 규칙성을
매우 중시하는 분이셨습니다. 성실한 성격이라, 정확한 사실의
반복이야말로 진정한 예지로 가는 길이라고 입버릇처럼 말씀하

셨어요. 사모님은 과묵하지만 무척 상냥하신 분이라 저한테도 더없이 잘해주셨고요. 부부 금실이 워낙 좋아서, 이런 말씀 드리긴 좀 그렇지만, 잠자리는 꽤 격렬했지요."

"오." 내가 말했다.

이윽고 원숭이는 내 등을 씻어내고, "실례 많았습니다" 하고 정중하게 머리를 숙였다.

"고마워." 내가 말했다. "아주 시원했어. 그런데, 너는 이 료칸에서 일하나봐?"

"네, 그렇습니다. 여기서 일하고 있습니다. 크고 좋은 료칸에서는 원숭이 같은 건 거들떠보지도 않습니다. 하지만 이 집은 늘 일손이 부족해서, 원숭이든 뭐든 쓸모 있기만 하면 일자리를 주거든요. 그래봐야 원숭이니까 월급은 보잘것없고, 주로 사람 눈에 안 띄는 곳에서만 일합니다. 목욕탕 관리나 청소, 그 정도지요. 보통 손님 같으면 원숭이가 차를 내가면 질겁하실 테니까요. 주방 쪽은 식품위생법이라는 걸림돌이 있고요."

"일한 지는 오래됐어?"

"그럭저럭 삼 년쯤 됐지요."

"그래도 여기 이렇게 정착하기까지는 우여곡절이 많았을 테지?" 내가 물어보았다.

원숭이는 고개를 끄덕였다. "네, 물론이죠."

나는 조금 망설였지만, 큰맘먹고 원숭이에게 물어보았다. "혹시 괜찮으면, 그간 살아온 얘기나 좀 해줄 수 없을까?"

원숭이는 잠시 생각한 다음 말했다. "네, 괜찮습니다. 손님께서 기대하실 정도로 재미있는 이야기는 없을지 모르지만, 열시면 얼추 일이 끝나니까 그후에 방으로 찾아뵐 수 있습니다. 그러면 될까요?"

그러면 된다고 나는 말했다. "오는 김에 맥주를 가져다주면 고맙겠는데."

"알겠습니다. 시원한 맥주로 가져다드리겠습니다. 종류는 삿포로면 괜찮으실까요?"

"응, 그거면 돼. 그런데, 혹시 맥주 마시나?"

"네, 잘은 못하지만 마실 줄 압니다."

"그럼 큰 병으로 두 병쯤 부탁해."

"알겠습니다. 손님은, 2층의 '풍랑의 방'에 묵으시죠?"

그렇다고 나는 말했다.

"좀 우습죠. 이런 산속에서 '풍랑의 방'이라뇨. 후후후." 원숭이는 재밌다는 듯이 웃었다. 원숭이가 웃는 모습을 보는 건 난생처음이었다. 하지만 원숭이도 당연히 웃을 줄 알뿐더러 울기도 할 터이다. 어쨌거나 말을 할 정도니까.

"그런데 너, 이름은 있어?" 내가 물었다.

"이름이라고 할 만한 것은 없지만, 다들 저를 시나가와 원숭이라고 부릅니다."

원숭이는 유리문을 옆으로 밀어 열고 목욕탕을 나가더니, 돌아서서 내게 정중히 고개를 숙이고, 다시 천천히 유리문을 닫았다.

열시 조금 지나서 원숭이가 맥주 두 병을 올린 쟁반을 들고 '풍랑의 방'으로 찾아왔다(원숭이의 말마따나 왜 '풍랑의 방' 같은 이름을 붙였는지 도무지 모를 일이었다. 정말이지 창고에 가까운 초라한 방이고 풍랑과 연결지을 만한 요소라고는 전무했으므로). 쟁반에는 맥주병 말고도 병따개와 유리잔 두 개, 그리고 진미채와 감씨과자 봉지가 있었다. 제법 센스 있는 원숭이다.

원숭이는 이제 옷을 입고 있었다. 'I ♥ NY'라고 프린트된 두툼한 긴팔 티셔츠에, 회색 저지 트레이닝바지 차림이었다. 아마 누가 아동복 헌옷을 입으라고 줬나보다.

테이블 같은 게 없었으므로 우리는 얇은 방석에 나란히 앉아 벽에 등을 기댔다. 원숭이가 병을 따고 두 개의 유리잔에 맥주를 따랐다. 우리는 묵묵히 유리컵을 부딪치며 건배했다.

"잘 먹겠습니다." 원숭이가 말하고, 차가운 맥주를 꿀꺽꿀꺽 아주 맛있게 들이켰다. 나도 마찬가지로 맥주를 마셨다. 원숭이와 나란히 앉아 맥주를 마시다니 솔직히 좀 이상한 기분이었지만, 이런 건 아마 익숙함의 문제일 것이다.

"역시 일 마치고 마시는 맥주는 최고네요." 원숭이가 털투성이 손등으로 입가를 훔치며 말했다. "하지만 저는 원숭이니까, 이렇게 맥주를 마실 만한 기회도 잘 없답니다."

"여기 입주해서 일하는 거야?"

"네. 다락방 같은 데 이불 한 채 놓고 지냅니다. 가끔 쥐가 나와서 아늑한 맛은 별로 없지만, 어쨌든건 저는 원숭이의 몸이니 잠자리가 있고 세 끼 밥 제대로 먹는 것만으로도 감지덕지지요. 극락……이라고까지는 못합니다만."

원숭이가 첫잔을 다 비웠길래 내가 다시 잔을 채워주었다.

"감사합니다." 원숭이가 깍듯하게 말했다.

"인간 말고 동료…… 그러니까 다른 원숭이들과 같이 살아본 적은 있어?" 내가 물어보았다. 내게는 그 원숭이에게 물어보고 싶은 것이 많았다.

"네, 몇 번 있습니다." 원숭이가 조금 어두운 표정을 지으며 말했다. 눈가의 주름이 누가 접은 듯이 깊어졌다. "이런저런 사정이 있어서, 시나가와에서 우격다짐으로 쫓겨나 다카사키야마*에 풀려났거든요. 처음에는 평온하게 살 수 있을 줄 알았는데 결

---

* 야생 원숭이가 서식하는 일본 오이타시의 자연동물원.

국 잘되지 않았습니다. 어쨌거나 인간 가정에서 대학교수 부부
에게 길러진 몸이니까, 다른 원숭이들과는—물론 그들은 제 소
중한 동포이긴 하지만—뭔가 잘 통하지 않았어요. 공통된 화제
도 없고, 소통이 원활하지 않았지요. '네 녀석 발성은 좀 이상하
다'면서 놀리기도 하고 따돌리기도 했어요. 암컷 원숭이들은 저
를 보면 자기들끼리 쿡쿡 웃었고요. 원숭이는 작은 차이에도 무
척 민감합니다. 그들 눈에는 제 거동에 어딘가 우스운 구석이,
혹은 불쾌감이나 짜증을 유발하는 부분이 비쳤겠지요. 그런저런
연유로 점점 같이 있기 거북해져서, 어느새 무리에서 벗어나 따
로 생활하게 됐습니다. 이른바 '외톨이 원숭이'입니다."

"쓸쓸했겠다."

"네, 그렇죠. 의지가지없이 혼자 어떻게든 식량을 확보해서 살
아남아야 했습니다. 하지만 뭐니뭐니해도 제일 괴로운 건 누구
와도 소통할 수 없다는 점입니다. 원숭이와도, 사람과도 얘기할
수 없어요. 고독하다는 건 정말 슬픈 일입니다. 물론 다카사키야
마에도 많은 사람이 오지만 그렇다고 아무나 붙들고 무작정 말
을 걸 수는 없는 노릇이니까요. 그랬다가는 분명 심각한 혼란을
빚을 테죠. 요컨대 저는 원숭이 사회에도 속하지 못하고, 인간
사회에도 속하지 못하는, 이도 저도 아니게 어정쩡하고 고독한
원숭이가 되어버린 겁니다. 살을 에는 듯한 나날이었습니다."

"브루크너도 못 듣고."

"네, 그런 것과는 연이 없는 세계지요." 시나가와 원숭이는 말했다. 그러고는 다시 맥주를 한 모금 마셨다. 나는 원숭이 얼굴을 주의깊게 보고 있었는데, 얼굴이 원래 색보다 더 빨개지지는 않았다. 술이 센 원숭이인지도 모른다. 아니면 원숭이의 경우는 취기가 얼굴에 드러나지 않는 건지도.

"또하나, 제 마음을 가장 못 견디게 한 것은 이성 관계였습니다."

"오." 나는 말했다. "이성 관계라 하면?"

"간단히 말씀드려, 저는 암컷 원숭이들을 상대로 성욕이란 것을 전혀 품지 못했습니다. 기회가 몇 번쯤 있었지만, 솔직히 말씀드려서 도무지 그럴 기분이 들지 않았습니다."

"원숭이면서, 암컷 원숭이를 상대로 성욕이 생기지 않았다?"

"네, 그렇습니다. 부끄럽지만 있는 그대로 말씀드리자면, 저는 어느새 인간 여성밖에 연모할 수 없는 체질이 되어버린 겁니다."

나는 잠자코 내 잔에 남은 맥주를 마저 마셨다. 그러고는 감씨과자 봉지를 뜯어서 한 움큼 손바닥에 올렸다. "그건 현실적으로 좀 난처한 일이겠는걸."

"네, 그것은 현실적으로 몹시 난처한 일입니다. 아무튼 저는 보시다시피 원숭이의 몸이니까, 인간 여성이 기꺼이 제 욕구에

응해주거나 하는 일을 거의 기대할 수 없거든요. 짐작건대 유전학적으로도 그릇된 행위일 테고요."

나는 잠자코 뒷말을 기다렸다. 원숭이는 잠시 귀 뒤를 긁적이다가 이윽고 말했다.

"그런 연유로 저는 충족되지 않는 연정을 해소하기 위해, 저 나름의 다른 방법을 써야 했습니다."

"다른 방법이라, 이를테면?"

원숭이의 미간의 주름이 순간 깊어졌다. 빨간 얼굴도 조금 거무스름해진 것 같았다.

"믿지 않으실지 모르겠지만," 원숭이는 말했다. "아니, 아마 믿지 않으실 텐데요, 언제부턴가 저는 좋아하는 여자의 이름을 훔치게 되었습니다."

"이름을 훔쳐?"

"네. 어떻게 된 일인지 몰라도, 저는 그런 특별한 능력을 타고난 모양입니다. 마음먹으면 누군가의 이름을 훔쳐 제 것으로 만들 수 있습니다."

머릿속이 다시 혼란스러워지기 시작했다.

"잘 이해가 안 되는데." 내가 말했다. "네가 누군가의 이름을 훔치면, 그 누군가는 자기 이름을 완전히 잃어버리게 되는 거야?"

"아뇨. 그 사람이 이름을 완전히 잃어버릴 일은 없습니다. 제가 훔치는 것은 이름의 일부, 한 조각에 지나지 않으니까요. 하지만 덜어낸 만큼 이름의 두께가 조금 얇아지거나 무게가 가벼워지기는 합니다. 해가 구름에 가려지면 땅에 생긴 내 그림자가 그만큼 엷어지는 것처럼요. 경우에 따라서는 그런 결손이 생겨도 본인이 명확하게 알아차리지 못할 수도 있어요. 뭐가 조금 이상한데 하는 정도지요."

"하지만 그중에 확실히 알아차리는 사람도 있을 테지? 자기 이름의 일부를 도둑맞았다는 걸."

"네, 그런 분도 물론 있지요. 가끔 자기 이름이 생각나지 않곤 합니다. 말할 것도 없이 매우 불편한 일입니다―성가신 일이죠. 그리고 자기 이름이 낯설게 느껴지기도 하고요. 그 결과 어떤 경우에는 정체성의 위기 비슷한 것마저 겪습니다. 그런 일들은 오롯이 제 탓입니다. 제가 그 사람의 이름을 훔쳐서예요. 심히 죄송하게 생각합니다. 무슨 일이 있을 때마다 양심의 가책이 무겁게 짓누릅니다. 하지만 나쁜 짓인 줄 알면서도, 도저히 훔치지 않고는 배길 수 없습니다. 변명하는 건 아니지만, 제 도파민이 그러라고 명하거든요. 자, 어서 이름을 훔쳐버려, 법에 걸리는 일도 아니잖아, 하면서."

나는 팔짱을 끼고 한동안 그 원숭이를 바라보았다. 도파민?

그리고 이윽고 말했다. "네가 훔치는 건 연심, 그러니까 성적 욕구를 품은 여자의 이름만이라는 거지."

"네, 맞습니다. 무턱대고 아무 이름이나 훔치지는 않습니다."

"지금까지 몇 명 정도의 이름을 훔쳤는데?"

원숭이는 진지한 표정으로 손가락을 꼽으며 헤아렸다. 손가락을 꼽으면서, 느릿느릿 작은 목소리로 뭐라고 중얼거렸다. 그러고는 얼굴을 들었다. "전부 일곱 명입니다. 저는 일곱 명의 여자 이름을 훔쳤습니다."

그 수가 많은지 적은지는 바로 판단하기 어려웠다. 나는 원숭이에게 물었다.

"이름을 어떻게 훔치는데? 괜찮으면 그 방법을 말해줄 수 있을까?"

"음, 주로 염력을 사용합니다. 집중력, 정신적 에너지죠. 하지만 그것만으로는 부족합니다. 그 사람의 이름이 적힌, 물질적인 형태가 필요합니다. 신분증이 가장 이상적이지요. 운전면허증이나 학생증, 보험증, 여권 등. 아니면 이름표 같은 것도 괜찮고요. 하여튼 그렇게 구체적인 물건을 입수해야 합니다. 보통은 훔칩니다. 훔치는 수밖에 없습니다. 이래 봬도 원숭이니까 빈집에 숨어들기는 그다지 어렵지 않거든요. 그리고 뭐든 이름이 적힌 적당한 물건을 찾아내서, 들고 나옵니다."

"그리고 그 여자의 이름이 적힌 물건과 염력을 써서 상대의 이름을 훔친다."

"그렇지요. 그것에 적힌 이름을 오랫동안 응시하면서, 정신을 오로지 한 점에 집중하고, 사랑하는 이의 이름을 의식 속으로 고스란히 거둬들입니다. 시간이 오래 걸리고, 정신적 육체적 소모도 크지만, 일심불란하게 어떻게든 해냅니다. 그렇게 그녀의 일부는 저의 일부가 됩니다. 그리하여 저의 갈 곳 없는 연정은 나름대로 무사히 충족되는 셈이지요."

"육체적 행위 없이?"

원숭이는 힘주어 고개를 끄덕였다. "네, 저는 어디까지나 원숭이지만, 절대 천박한 짓은 하지 않습니다. 사랑하는 여자의 이름을 내 것으로 삼는다—그것만으로 충분합니다. 분명 성적 욕망이 깔린 악행이기는 하지만, 동시에 지극히 깨끗하고 플라토닉한 행위이기도 합니다. 저는 마음속에 있는 그 이름을 그저 남몰래 혼자 사랑할 뿐입니다. 마치 부드러운 바람이 초원을 가만히 훑고 지나가듯이."

"흐음." 나는 감탄해서 말했다. "하긴, 어찌 보면 궁극의 연애라고도 할 수 있겠어."

"네, 그것은 어찌 보면 궁극의 연애일지도 모릅니다. 하지만 동시에 궁극의 고독이기도 합니다. 말하자면 동전의 양면인 셈이지요. 그 둘은 꼭 달라붙어서 영원히 떨어지지 않습니다."

이야기는 그렇게 일단락되었고, 나와 원숭이는 한동안 말없이 맥주를 마시며 감씨과자와 진미채를 조금씩 먹었다.

"요즘에도 누군가의 이름을 훔치고 그래?" 내가 물었다.

원숭이는 고개를 저었다. 그러고는 팔에 난 뻣뻣한 털을 손가락으로 집었다. 마치 자신이 진짜 원숭이라는 사실을 새삼 확인하듯이. "아뇨, 요즘에는 아무 이름도 훔치지 않습니다. 이 마을에 온 뒤로 마음먹고 그런 악행과는 연을 딱 끊었습니다. 덕분에 이제 이 하찮은 원숭이의 영혼은 나름대로 평온을 얻었답니다. 지금껏 얻은 일곱 명의 여자 이름을 마음속에서 소중히 지키며 온화한 나날을 보내고 있습니다."

"다행이네." 내가 말했다.

"외람된 바람인지 모르지만, 사랑에 대해서, 변변치 않은 제 생각을 말씀드려도 괜찮을까요?"

"물론이지." 내가 말했다.

원숭이는 몇 번 커다랗게 눈을 깜박였다. 긴 속눈썹이 바람에 흔들리는 종려나무 잎사귀처럼 하늘하늘 오르내렸다. 그러고는 한 번 천천히 숨을 뱉었다. 멀리뛰기 선수가 도움닫기 전에 내쉬는 것처럼 깊은 호흡이었다.

"제가 생각하기에, 사랑이란 우리가 이렇게 계속 살아가기 위해 빼놓을 수 없는 연료입니다. 그 사랑은 언젠가 끝날지도 모릅니다. 어쩌면 결실을 맺지 못할지도 모릅니다. 하지만 설령 사랑이 사라져도, 사랑을 이루지 못한다 해도, 내가 누군가를 사랑했다, 연모했다는 기억은 변함없이 간직할 수 있습니다. 그것 또한 우리에게 귀중한 열원이 됩니다. 만약 그런 열원이 없다면 사람의 마음은―그리고 원숭이의 마음도―풀 한 포기 없는 혹한의 황야가 되고 말겠지요. 그 대지에는 온종일 해가 비치지 않고, 안녕安寧이라는 풀꽃도, 희망이라는 수목도 자라지 않겠지요. 저는 이렇게 이 마음에(라고 말하면서 원숭이는 털투성이 가슴에 손바닥을 댔다), 한때 연모했던 아름다운 일곱 명의 여자 이름을 소중히 품고 있습니다. 저는 이것을 저 나름의 소소한 연료 삼아, 추운 밤이면 근근이 몸을 덥히면서, 남은 인생을 그럭저럭 살아볼 생각입니다."

그러고는 원숭이는 또 쿡쿡 웃었다. 그리고 몇 번 가볍게 고개를 저었다.

"아무리 생각해도 이상한 말이네요. 모순이라고 할까요. '원숭이의 인생'이라니. 후후후."

병맥주 두 병을 다 비우고 나니 시간은 어느새 열한시 반이었다. 슬슬 실례해야겠네요, 하고 원숭이는 말했다. "왠지 신이 나서 그만 얘기가 길어져버렸습니다. 면목없습니다."

"아냐, 무척 흥미로운 이야기였어." 내가 말했다. 흥미로운 이
야기, 라는 표현은 그다지 적절하지 않을지도 모른다. 사실 원숭
이를 상대로 맥주를 마시면서 대화하는 것만으로도 상당히 불가
사의한 체험이다. 그 원숭이가 브루크너를 애호하고, 성욕에(혹
은 연정에) 휩쓸려 인간 여자의 이름을 훔쳐왔다면, 이건 뭐 '흥
미로움'을 넘어 터무니없는 이야기에 가깝다. 하지만 원숭이의
기분을 필요 이상으로 자극하지 않기 위해 나는 최대한 온건한
표현을 택했다.

나는 원숭이와 헤어지면서 천 엔짜리 지폐 한 장을 팁으로 건
넸다. "얼마 안 되지만 뭐 맛있는 거라도 사먹어" 하면서.

원숭이는 처음에는 사양했지만 한번 더 권하자 순순히 받았
다. 그러고는 지폐를 접어서 트레이닝바지 주머니에 소중히 넣
었다.

"정말 감사합니다. 얼토당토않은 원숭이의 신상 이야기를 늘
어놓고, 맥주를 얻어 마시고, 이렇게 친절한 사례까지 따로 받다
니, 심히 송구스럽습니다."

그러고는 원숭이는 빈 맥주병과 유리잔을 쟁반에 받쳐들고 방
을 나갔다.

이튿날 아침 료칸을 나와 그길로 도쿄에 돌아왔는데, 그때는 원숭이를 전혀 보지 못했다. 계산대에는 머리카락과 눈썹이 없는 어딘가 으스스한 노인도, 코가 안 좋은 늙은 고양이도 없었다. 무뚝뚝하고 살집 좋은 중년 여자에게 전날 밤 추가한 맥줏값을 내겠다고 했더니 그녀는 맥주 같은 건 내간 적이 없다고 주장했다. 어차피 저희는 자동판매기 캔맥주밖에 없는데요. 병맥주가 나갔을 리 있겠어요.

다시 의식이 조금 혼란스러워졌다. 현실과 비현실이 여기저기서 마음대로 자리를 맞바꾸는 듯한 감각이었다. 나는 분명히 지난밤 원숭이와 함께 차가운 삿포로 맥주를 큰 병으로 두 병 마시고, 그의 신상 이야기를 들었다.

중년 여자에게 원숭이 이야기를 할까 싶기도 했지만 역시 그만두었다. 어쩌면 그 원숭이는 어디에도 존재하지 않고, 모든 것은 뜨거운 탕에 너무 오래 있었던 탓에 생긴 망상이었다, 고 정리될 일인지도 모른다. 아니면 나는 그저 리얼하고 기묘한 긴 꿈을 꾸었을 뿐인지도 모른다. 그렇다면 "이 료칸에 말을 할 줄 아는 늙은 원숭이 직원이 있잖아요" 같은 소리를 꺼냈다가는 분위기가 이상해질 테고, 자칫하면 미친 사람 취급 받기 십상이다. 그도 아니면 이 료칸은 세무서나 보건소의 눈치를 보느라 원숭이 직원을 고용한 사실을 당당히 밝히지 못하는지도 모른다(충분히 있을 수 있는 일이다).

돌아오는 열차 안에서, 원숭이에게 들은 이야기를 처음부터 하나하나 떠올렸다. 그리고 그 이야기를 작업용 노트에 기억나는 대로 메모했다. 도쿄에 돌아가면 전체적으로 다시 정리해서 글로 써둘 요량이었다.

가령 원숭이가 실재했다 하더라도—실재했다고밖에 생각되지 않지만—그 원숭이가 맥주를 마시면서 해준 얘기를 어디까지 곧이들어도 될지, 나는 공정하게 판단할 수 없었다. 여자의 이름을 훔쳐 제 것으로 만든다는 것이 정말로 가능할까? 그것은 그 시나가와 원숭이에게만 주어진 특별한 능력일까? 그리고 그 원숭이가 허언증이 아니라고 누가 단언할 수 있을까? 물론 허언증 원숭이라는 건 듣도 보도 못했지만, 인간의 언어를 능숙하게 구사하는 원숭이가 있다면 허언증을 가진 원숭이가 있다 해도 이론적으로는 이상할 게 없다.

하지만 나는 직업상 지금까지 많은 사람에게서 온갖 이야기를 들어왔고, 어떤 이야기가 믿을 만하고 어떤 이야기는 곧이들으면 안 되는지 대강 짐작할 수 있다. 일정 시간 이상 이야기를 나누다보면 말하는 이의 미묘한 분위기나 그(그녀)가 보내는 여러 신호를 통해 어느 정도 직관적으로 판단이 되는 것이다. 그리고 그 시나가와 원숭이가 꾸며낸 얘기를 했다고는 도저히 생각되지 않았다. 그의 눈빛이며 표정, 때때로 생각에 잠기는 모습, 뜸을 들이는 대목, 이런저런 몸짓, 말이 막힐 때의 느낌, 어느 것을 꼽아봐도 극히 자연스러웠고 꾸며냈음직한 요소가 전혀 보이지 않았다. 그리고 무엇보다 나는 그 원숭이의 고백에 담긴, 안쓰러울 정도의 솔직함을 인정해주고 싶었다.

속 편한 나 홀로 여행을 마치고 도쿄로 돌아오자 다시 분주한 도시 생활이 시작되었다. 그렇게 일감을 많이 받아두지도 않았는데 나이들수록 괜히 사는 게 바빠진다. 그리고 시간이 점점 빨리 흘러간다. 결국 시나가와 원숭이 이야기는 아무에게도 하지 않았고, 글로 쓰지도 않았다. 얘기해봤자 어차피 믿어주는 사람도 없을 테니까. 아마 "요즘 구상하시는 이야기인가봐요" 하는 반응이나 나올 것이다. 글로 쓰지 않은 것은, 대체 어떤 식으로 이야기를 풀어나가야 할지 감이 잡히지 않아서다. 사실인 양 쓰기에는 너무 허황되니, 구체적인 증거를—요컨대 그 원숭이의 실물을—내보이지 않는 한 아무도 믿어주지 않을 것이다. 그렇다고 픽션으로 쓰자니 이야기의 초점과 결론이 영 명확하지 않다. 쓰기도 전부터, 원고를 다 읽은 편집자의 난처한 얼굴이 눈앞에 그려진다. "작가에게 직접 이런 질문을 드리고 싶지는 않지만, 이 이야기의 주제는 대체 뭔가요?"라고 물을지도 모른다.

주제? 그런 게 있을라고. 그저 인간의 말을 할 줄 아는 늙은 원숭이가 군마현의 작은 마을에 살면서, 온천 료칸에서 손님 등을 밀어주고, 차가운 맥주를 즐기며, 인간 여자를 연모해 그녀들의 이름을 훔치고 다녔다는 얘기일 뿐이다. 그런 이야기의 어디에 주제가 있고 교훈이 있을까?

그래서 이럭저럭하는 사이, 그 온천 마을에서 겪은 신기한 일에 대한 기억은 내 안에서 조금씩 흐릿해졌다. 아무리 선명한 기억도 시간의 힘은 좀처럼 당해내지 못한다.

그로부터 오 년이 흐른 지금, 당시 노트에 남긴 메모를 바탕으로 이렇게 시나가와 원숭이의 이야기를 쓰고 있는 것은 얼마 전 약간 신경쓰이는 일이 있었기 때문이다. 만약 그 사건이 없었더라면 내가 이 글을 쓰는 일은 없었을지도 모른다.

그날 오후, 나는 아카사카에 있는 한 호텔 커피라운지에서 업무 미팅을 하고 있었다. 미팅 상대는 모 여행잡지의 여성 편집자였다. 서른 살 안팎 정도 돼 보이고 상당히 미인이었다. 작은 체구에 머리가 길고, 피부가 좋고, 크고 차밍한 눈을 갖고 있었다. 유능한 편집자이기도 하다. 그리고 아직 독신이라고 들었다. 나와는 전에도 몇 번 같이 일한 적이 있어서 어느 정도 친한 사이였다. 일 얘기가 끝나고 커피를 마시며 가벼운 잡담을 나누었다.

그녀의 휴대전화가 울렸고, 그녀가 조심스럽게 내 얼굴을 보았다. 나는 괜찮으니 받으라고 손짓했다. 그녀가 상대의 번호를 확인한 다음 전화를 받았다. 듣자 하니 무슨 예약 확인 전화인 듯했다. 레스토랑이나 숙박시설, 항공권, 뭐 그런 것들. 그녀는 수첩을 보면서 잠시 통화하다가 이윽고 난처한 얼굴로 나를 바라보았다.

"죄송한데요." 그녀가 송화구를 손으로 막고 목소리를 낮춰 내게 말했다. "이상한 질문인데, 제 이름이 뭐였죠?"

나는 순간 놀라서 숨이 막혔지만 아무렇지 않은 얼굴로 그녀의 이름을 말해주었다. 그녀는 고개를 끄덕이고 그 이름을 통화 상대에게 알렸다. 그리고 전화를 끊고 내게 사과했다.

"죄송합니다. 갑자기 제 이름을 잊어버렸지 뭐예요. 부끄럽게도."

"그럴 때가 가끔 있어요?" 내가 물었다.

그녀는 어떻게 할지 조금 망설이는 듯하다가 이윽고 고개를 끄덕였다. "네, 요즘 들어 가끔 그래요. 제 이름이 생각 안 나는 거예요. 블랙아웃된 것처럼."

"다른 것도 그래요? 예를 들면 생일이 기억나지 않는다든가, 전화번호나 비밀번호 같은 게 안 떠오른다든가?"

그녀는 단호하게 고개를 저었다. "아뇨, 그런 일은 전혀 없어요. 저는 원래 기억력이 좋은 편이라 친구들 생일도 전부 외우고 다니거든요. 누구 이름을 깜빡 잊어버린 적은 한 번도 없어요. 그런데 제 이름만 가끔 생각이 안 나는 거예요. 이해하기 힘든 일이죠. 이삼 분 지나면 기억이 조금씩 돌아오긴 하는데, 그 이삼 분의 공백이 여러모로 불편하고, 내가 누구인지 모르겠다는 불안감이 엄습하기도 해요."

나는 잠자코 고개를 끄덕였다.

"혹시, 청년성 알츠하이머의 전조 같은 걸까요?"

나는 한숨을 쉬었다. "글쎄요, 난 의학적인 쪽은 잘 모르지만, 그게 대충 언제쯤 시작됐죠? 자기 이름이 갑자기 생각 안 나는 증상이."

그녀는 실눈을 뜨고 잠시 생각했다. "시작은 아마 반년 전쯤이지 싶어요. 벚꽃 구경 갔다가 제 이름이 생각나지 않았던 기억이 있거든요. 그때가 처음이었어요."

"이상한 질문인데, 혹시 그 무렵에 뭔가 잃어버리지 않았어요? 신분증으로 쓰일 법한 것, 이를테면 운전면허증이나 여권, 보험증, 뭐 그런 거요."

그녀는 잠시 조그만 입술을 깨물면서 생각했다. 그러고는 말했다.

"네, 그러고 보니 그 무렵 운전면허증을 잃어버렸어요. 점심 시간에 공원 벤치에서 쉬면서 바로 옆에 핸드백을 놔뒀거든요.

콤팩트를 꺼내서 립스틱을 고쳐 바르고, 다음 순간 옆을 보니 핸드백이 없는 거예요. 이해가 안 되더라고요. 핸드백에서 눈을 뗀 건 정말 짧은 순간이었고, 그사이 무슨 기척을 느끼거나 발소리를 듣지도 못했으니까요. 주위를 둘러봤지만 사람 그림자 하나 없었어요. 조용한 공원이었으니 만약 누가 다가와서 가방을 훔쳐갔다면 모를 리 없죠."

나는 아무 말 하지 않고 그녀의 말을 기다렸다.

"신기한 건 그뿐이 아니었어요. 그날 오후 곧바로 경찰에서 연락이 와서는, 제 가방을 발견했다는 거예요. 공원 근처 파출소 앞에 놓여 있더래요. 안에 든 것은 거의 그대로였어요. 현금, 신용카드, 현금카드, 휴대전화, 하나도 손을 안 댔더라고요. 그런데 운전면허증만 없어졌어요. 그것만 지갑에서 꺼내 간 거예요. 이런 경우는 처음 본다고 경찰도 놀라더군요. 현금은 놔두고 운전면허증만 훔치고, 더욱이 파출소 앞까지 와서 가방을 놔두고 가다니."

나는 몰래 한숨을 쉬었지만, 역시 아무 말 하지 않았다.

"그게 분명 3월 말이었어요. 저는 곧바로 사메즈에 있는 발급기관을 찾아가서 새 면허증을 받았어요. 뭐가 뭔지 영문을 알 수 없는 이상한 사건이었지만, 다행히 실질적인 피해라고는 그게 전부였어요. 사메즈는 회사에서 가까운 편이라 그렇게 번거롭지도 않았고요."

"사메즈가 시나가와구 아니던가요?"

"맞아요. 히가시오이에 있어요. 저희 회사는 다카나와니까 택시 타면 금방이에요." 그녀가 말했다. 그러고는 문득 의아한 표정을 띠고 나를 바라보았다. "저기, 제가 이름을 잊어버리는 거랑 면허증을 분실한 게 무슨 관련이 있나요?"

나는 황급히 고개를 저었다. 여기서 그녀에게 시나가와 원숭이 이야기를 꺼낼 수는 없다. 그랬다가는 분명 원숭이를 어디서 만났는지 캐물을 테고, 료칸까지 직접 찾아갈지도 모른다. 사정을 추궁하고 따지기 위해서.

"아뇨, 관련은 무슨. 그냥 갑자기 생각나서 물어봤어요. 이름 얘기가 나온 김에." 내가 말했다.

그녀는 여전히 석연찮다는 표정으로 나를 바라보았다. 하지만 나는 위험성을 익히 알면서도 한 가지 더 중요한 질문을 하지 않을 수 없었다.

"그런데 최근에, 어디서 원숭이 본 적 있어요?"

"원숭이요?" 그녀가 말했다. "멍키, 말씀이시죠?"

"네, 살아 있는 진짜 원숭이요." 내가 말했다.

그녀는 고개를 저었다. "아뇨, 원숭이는 몇 년 동안 한 번도 못 본 것 같은데요. 동물원에서도 그렇고, 다른 어디서도."

시나가와 원숭이가 다시 활동을 시작한 걸까? 아니면 그의 수법을 모방한 다른 원숭이의 범행일까(카피 멍키)? 그것도 아니면 원숭이 아닌 무언가의 소행일까?

시나가와 원숭이가 다시 '이름 훔치기'를 시작했다고는 생각하고 싶지 않았다. 일곱 명의 여자 이름을 마음속에 품고 있는 것만으로 충분하다, 앞으로는 이 군마현의 작은 온천 마을에서 조용히 여생을 보내고 싶다, 고 그 원숭이는 담담히 말했었다. 그것은 진심에서 우러난 말처럼 들렸다. 하지만 그 원숭이는 이성으로는 도저히 억누를 수 없는 정신적 고질병을 안고 있었는지도 모른다. 그 병이, 그리고 그의 도파민이 "괜찮아, 저질러버려" 하며 그의 등을 거세게 밀어붙였는지도 모른다. 그것이 그를 다시 시나가와로 돌려보내고 또 악행을 저지르게 했는지도 모른다.

나 스스로도 언젠가 그것을 시험해볼지 모른다—잠이 오지 않는 밤, 뜬금없이 그렇게 부질없는 생각을 품어볼 때가 있다. 나는 연모하는 여자의 신분증이나 이름표를 구해와서, 의식을 '일심불란하게' 집중해서 그 이름을 내 안에 거둬들이고, 그녀의 일부를 남몰래 소유하게 될지도 모른다. 그러면 과연 어떤 기분일까? 아니, 아마 그런 일은 일어나지 않을 것이다. 나는 워낙에 손재주가 없고, 남이 가진 무언가를 몰래 훔쳐낸다는 게 가능할

성싶지 않다. 설령 그 무언가에 형체가 없고, 그것을 훔치는 행위가 법에 저촉되지 않는다 할지라도.

궁극의 연애와 궁극의 고독—나는 그뒤로 브루크너의 교향곡을 들을 때마다 시나가와 원숭이의 '인생'에 대해 생각에 잠기곤한다. 작은 온천 마을의 허름한 료칸 다락방에서, 얇은 이불을 뒤집어쓰고 잠든 늙은 원숭이의 모습을 생각한다. 나란히 벽에 기대어 맥주를 마시면서 그와 함께 먹었던 감씨과자와 진미채를 생각한다.

여행잡지를 만드는 아름다운 여성 편집자는 그뒤로 한 번도 만나지 않았다. 그렇기에 그녀의 이름이 그후 어떤 운명을 걸었는지 지금 나로서는 알 수 없다. 큰 불편이 없기를 바랄 뿐이다. 그녀에게는 아무 잘못도 책임도 없으니까. 그러나, 미안하긴 하지만, 역시 그녀에게 시나가와 원숭이 이야기를 해줄 수는 없다.

일인칭 단수

평소 슈트를 입을 기회는 거의 없다. 있어봐야 일 년에 고작 두세 번이다. 내가 슈트를 입지 않는 건 그런 옷차림을 꼭 해야 하는 상황이 거의 찾아오지 않기 때문이다. 필요에 따라 캐주얼한 재킷을 입을 때는 있지만, 넥타이까지 매진 않는다. 가죽구두를 신을 때도 거의 없다. 내가 스스로를 위해 선택한 것은, 어디까지나 결과적이기는 하지만, 그런 유의 인생이었다.

하지만 때때로, 딱히 그럴 필요도 없는데 자진해서 슈트를 입고 넥타이까지 매볼 때가 있다. 왜 그런가? 옷장을 열고 어떤 옷이 있는지 점검하다가(그러지 않으면 내가 어떤 옷을 가지고 있는지 잊어버리기에), 사놓고 거의 걸쳐보지 않은 슈트나, 세탁소 비닐에 싸인 드레스셔츠, 매본 자국 하나 없는 넥타이를 바라보는 사이 어쩐지 그 옷들에 '미안한' 마음이 솟구쳐서, 시험삼아 잠깐 입어본다. 아직 잘 기억하고 있는지 확인할 겸 넥타이도 몇 가지 방법으로 매본다. 딤플(보조개)도 만들어본다. 그러는 건 집에 혼자 있을 때뿐이다. 누가 보면 왜 이러는지 대충이라도 설명해야 하니까.

아무튼 실제로 그렇게 차려입고 나면, 이왕 슈트까지 입었는데 바로 벗어버리는 것도 재미없고, 이대로 잠깐 밖에 나가볼까 하는 기분이 든다. 그렇게 나는 슈트를 걸치고 넥타이를 매고 혼자 거리를 걷는다. 그럭저럭 나쁘지 않은 기분이긴 하다. 표정이며 걸음걸이도 평소와는 조금 달라진 것 같다. 일상에서 벗어난, 신선한 감각이다. 하지만 한 시간쯤 정처 없이 걷다보면 색다름도 점차 엷어진다. 슈트에 넥타이 차림이 피곤해지면서 목덜미가 근질근질하고 숨쉬기 답답해진다. 땅을 밟는 구두 소리가 너무 딱딱하고 크게 들린다. 집으로 돌아와 구두를 벗고, 슈트를 벗고, 넥타이를 풀고, 후줄근한 스웨트셔츠와 트레이닝바지로 갈아입고 소파에 아무렇게나 편하게 드러눕는다. 말하자면 그저 한 시간쯤의 무해한―적어도 나로서는 특별히 죄책감을 가질 필요 없는―비밀스러운 의식인 셈이다.

그날, 나는 혼자 집에 있었다. 아내는 중국음식을 먹으러 갔다. 내가 중국음식을 전혀 먹지 않기 때문에(아무래도 중국음식에 들어가는 향신료 중 몇 가지에 알레르기가 있는 모양이다), 아내는 중국음식이 먹고 싶어지면 친한 여자 친구들을 불러내 같이 먹으러 간다.

혼자서 간단히 저녁을 먹고, 조니 미첼의 오래된 레코드판을 오랜만에 들으면서 독서용 의자에 앉아 미스터리 소설을 읽었다. 내가 좋아하는 앨범이고, 내가 좋아하는 작가의 신간이었다. 그렇지만 왠지 정신이 산란해서 음악에도 독서에도 영 집중할 수 없었다. 녹화해둔 영화라도 볼까 했지만, 보고 싶은 영화가 한 편도 눈에 들어오지 않았다. 가끔 그런 날이 있다. 자유시간이 생겨서, 뭐라도 하고 싶은 일을 하려고 하지만, 그게 뭔지 영 떠오르지 않는다. 하고 싶은 일이 분명 많았는데…… 그렇게 하릴없이 방안을 돌아다니다가, 그래, 오랜만에 슈트를 입어보자, 하는 생각이 들었다.

몇 년 전에 산 폴 스미스의 다크블루 슈트(필요해서 샀지만 아직 두 번밖에 입지 않았다)를 침대 위에 펼치고, 어울리는 넥타이와 셔츠를 골랐다. 엷은 회색 와이드스프레드 셔츠에 로마공항 면세점에서 산 에르메네질도 제냐의 자잘한 페이즐리무늬 넥타이다. 전신거울 앞에 서서 슈트를 입고 넥타이를 맨 내 모습을 살펴보았다. 나쁘지 않다. 적어도 눈에 띌 정도의 결함은 보이지 않는다.

하지만 그날, 거울 앞에서 내가 느낀 감정은 이상하게도 일말의 께름칙함을 머금은 위화감 같은 것이었다. 께름칙함? 뭐라고 표현하면 좋을까…… 그것은 자기 경력을 그럴싸하게 포장하고 살아가는 사람이 느낄 법한 죄책감과 비슷한지도 모른다. 법에 저촉되지는 않을지언정 윤리적 과제를 안고 있는 사칭이다. 이래서는 안 된다, 어차피 쓸데없는 짓이라고 생각하면서도 그만두지 못하는, 그런 유의 행위가 가져오는 불편함이다. 어디까지나 상상이지만 남몰래 여장을 하는 남자들이 느끼는 것과 비슷한 심정인지도 모른다.

하지만 생각해보면 묘한 이야기다. 나는 애저녁에 성인이 된 지 오래고, 해마다 세금신고를 하고 내야 할 금액을 기한 내에 성실히 납부하며, 교통법규 위반 말고는 범죄 이력도 없고, 충분하다고는 할 수 없어도 그럭저럭 교양을 갖추었다. 버르토크와 스트라빈스키 중 누가 먼저 태어났는지도 어쩌다보니 알고 있다 (아는 사람이 그다지 많지는 않을 것이다). 그리고 내가 지금 몸에 걸치고 있는 의복은 전부 합법적인—적어도 위법은 아닌—나날의 노동을 통해 얻은 수입으로 구입한 것이다. 뒤에서 손가락질당할 요소는 아무것도 없다. 그런데 어째서 이런 죄책감 혹은 윤리적 위화감을 품어야 할까?

뭐, 누구에게나 그런 날이 있는 법이라고 스스로를 타일렀다. 장고 라인하르트가 코드를 틀리게 잡는 밤도 있고, 니키 라우다가 기어를 넣다가 실수하는 오후도 있다(아마 있을 거라고 본다). 그러니 더이상 깊이 생각하지 않기로 했다. 그리고는 슈트를 입은 채 검은색 코도반 가죽구두를 신고 혼자 거리로 나왔다. 사실은 직관을 따라 집에서 얌전히 영화나 봤으면 좋았겠지만, 어차피 그런 건 '나중에 보니' 그렇더라는 결과론에 지나지 않는다.

기분좋은 봄날 저녁이었다. 하늘에는 밝은 보름달이 떠 있었다. 대로변에 늘어선 가로수에 푸른 새싹이 돋기 시작했다. 산책하기 딱 좋은 날씨다. 한동안 정처 없이 거리를 걷다가, 바에 들어가 칵테일이나 마시기로 했다. 평소에 가는 동네 단골 바가 아니라, 조금 멀리 나가서 지금껏 한 번도 간 적 없는 바에 들어가보았다. 단골 바에서는 바텐더가 내 얼굴을 아니까 분명히 "오늘 무슨 일 있으세요? 슈트에 넥타이까지 다 매시고" 하면서 말을 걸 테고, 이유를 일일이 설명하기 귀찮으니까(어차피 이유 같은 것도 없으니까).

아직 초저녁이라 빌딩 지하에 있는 바는 한산했고, 마흔 언저리의 남자 손님 둘이 칸막이석에 앉아 있는 것이 다였다. 퇴근하는 회사원인 듯 어두운색 슈트에 수수한 넥타이를 매고 있었다.

두 사람은 이마를 맞대다시피 하고 작은 목소리로 무슨 대화를 나누었다. 테이블 위에는 서류로 보이는 것이 놓여 있었다. 아마 업무 이야기를 하는 중인가보다. 아니면 그냥 경마 결과를 예상하는 건지도 모른다. 어쨌거나 나와는 상관없는 일이다. 나는 조금 떨어진 카운터석에, 되도록 조명이 밝은 자리를 골라 앉고(책을 읽기 위해서다), 나비넥타이를 맨 중년 바텐더에게 보드카 김렛을 주문했다.

잠시 후 차가운 잔이 눈앞의 종이 코스터 위에 놓이고, 나는 주머니에서 미스터리 소설을 꺼내 읽다 만 곳을 이어 읽었다. 결말까지 삼분의 일쯤 남아 있었다. 앞에서도 말했듯이 꽤 좋아하는 작가의 신간이었는데, 유감스럽게도 이번에는 줄거리가 썩 흥미롭지 않았다. 게다가 도중에 인물들의 관계가 헷갈려버렸다. 그래도 반은 의무적으로, 반은 습관적으로 그 소설을 계속 읽어나갔다. 한번 읽기 시작한 책을 도중에 내던지는 건 옛날부터 좋아하지 않는다. 마지막에 가서 갑자기 재미있는 전개가 펼쳐질지도 모른다—실제로 그럴 확률은 매우 낮지만.

보드카 김렛을 천천히 홀짝이면서 스무 쪽쯤 읽어나갔지만 이상하게 집에서와 마찬가지로 여기서도 독서에 신경을 집중할 수 없었다. 소설이 딱히 재미있지 않아서만은 아닌 듯했다. 그렇다고 바의 분위기가 어수선한 것도 아니다(쓸데없는 음악이

나오지도 않고, 조명도 적당하고, 독서 환경으로는 거의 흠잡을
데가 없었다). 아마도 내가 아까부터 느껴온 막연한 위화감 탓
인 것 같았다. 뭔가 미묘하게 어긋난 느낌이었다. 나라는 내용
물이 지금의 그릇에 잘 맞지 않는다. 혹은 마땅히 존재해야 할
정합성이 어디서부턴가 손상돼버렸다는 감각이다. 가끔 그럴
때가 있다.

카운터 건너편에는 갖가지 술병이 늘어선 선반이 있었다. 그
뒷면의 벽은 커다란 거울이었고, 내 모습이 비쳤다. 가만히 바라
보자니 당연히 거울 속의 나도 이쪽의 나를 가만히 바라보았다.
그때 나는 문득 이런 감각에 휩싸였다—나는 인생의 회로 어딘
가에서 길을 잘못 들어서버렸는지도 모른다. 그리고 슈트를 입
고 넥타이를 맨 내 모습을 바라보는 사이 그 감각은 점점 강렬해
졌다. 보면 볼수록 그것이 나 자신이 아니라, 처음 보는 다른 누
군가처럼 느껴졌다. 그러나 그곳에 비친 이가—만약 나 자신이
아니라면—대체 누구란 말인가?

지금까지 내 인생에는—아마 대개의 인생이 그러하듯이—
중요한 분기점이 몇 곳 있었다. 오른쪽이나 왼쪽, 어느 쪽으로든
갈 수 있었다. 그때마다 나는 오른쪽을 선택하거나 왼쪽을 선택
했다(한쪽을 택하는 명백한 이유가 존재한 적도 있지만, 그런 게
전혀 보이지 않았던 경우가 오히려 많았는지도 모른다. 또한 항

상 스스로 선택해온 것도 아니다. 저쪽에서 나를 선택한 적도 몇 번 있었다). 그렇게 나는 지금 여기 있다. 여기 이렇게, 일인칭 단수의 나로서 실재한다. 만약 한 번이라도 다른 방향을 선택했더라면 지금의 나는 아마 여기 없었을 것이다. 하지만 이 거울에 비친 사람은 대체 누구일까?

일단 책을 덮고 거울에서 눈을 돌렸다. 심호흡을 몇 번 했다.

모르는 사이 가게가 붐비기 시작했다. 빈 스툴 두 개 건너 오른쪽 자리에 한 여자가 앉아서 이름 모를 옅은 초록색 칵테일을 마시고 있었다. 일행은 없는 듯하다. 아니면 나중에 오기로 한 지인을 기다리는지도 모른다. 나는 책을 읽는 척하면서 거울에 비친 그녀를 남몰래 관찰했다. 젊지는 않다. 쉰 안팎일까. 그리고 겉으로는 실제 나이보다 젊게 보이려는 노력을 거의 하지 않는 것 같았다. 아마 스스로에게 나름의 자신감이 있기 때문이리라. 몸집이 작고 마른 편이고, 딱 보기 좋은 길이의 커트머리다. 옷차림도 꽤 멋스러웠다. 부드러워 보이는 소재의 줄무늬 원피스에 베이지색 캐시미어 카디건을 걸쳤다. 특별히 미인이라고 할 만한 얼굴은 아니지만 잘 완결된 분위기 같은 것이 감돌았다. 아마 젊어서는 이목을 끄는 여성이었을 게 분명하다. 많은 남자가 주위를 맴돌았으리라. 그녀의 무심한 거동에서 그런 기억의 기미가 느껴졌다.

나는 바텐더를 불러 두 잔째 보드카 김렛을 주문하고, 안주로 나온 캐슈너트를 몇 개 집어먹고, 다시 독서로 돌아갔다. 이따금 넥타이 매듭으로 손을 가져갔다. 아직 똑바로 매듭지어져 있는지 확인하기 위해서.

십오 분쯤 뒤, 그녀는 내 옆자리 스툴에 앉아 있었다. 카운터석이 점점 붐비면서 새로 들어온 손님에게 밀려나듯이 여기까지 슬라이드해온 것이다. 아무래도 그녀에게는 일행이 없는 듯했다. 나는 다운라이트 아래에서, 책의 마지막까지 몇 장만 남겨둔 상태였다. 이야기가 재미있어질 조짐은 여전히 보이지 않았지만.

"실례지만" 하고 갑자기 그녀가 내게 말을 걸었다.

고개를 들어 그녀의 얼굴을 바라보았다.

"책을 참 열심히 보시는 것 같은데, 뭐 좀 여쭤봐도 될까요?" 작은 몸집과 달리 낮고 굵은 목소리였다. 싸늘하다고 할 정도는 아니지만 적어도 우호적인, 혹은 뭔가에 친근하게 다가가는 울림은 전혀 느껴지지 않았다.

"그러세요. 별로 재미있는 책도 아니라서요." 나는 가름끈을 끼워 책장을 덮고 말했다.

"그러고 있으면, 재밌나요?" 그녀는 물었다.

그녀가 무슨 말을 하려는지 잘 이해되지 않았다. 나는 옆으로 몸을 틀고 그녀의 얼굴을 정면에서 바라보았다. 처음 보는 얼굴이었다. 나는 결코 사람 얼굴을 잘 기억하는 편이 아니지만, 지금까지 그 여자를 만난 적이 없다는 건 상당히 확신할 수 있었다. 만약 예전에 만났더라면 틀림없이 기억할 것이다. 그녀는 그런 유의 여자였다.

"그러고 있으면?" 내가 되물었다.

"멋부리고 혼자 바에 앉아서, 김렛을 마시면서, 과묵하게 독서에 빠져 있는 거."

그녀가 무슨 말을 하려는지 여전히 감도 잡히지 않았지만, 적잖은 악의 혹은 적대감이 담겨 있다는 것만은 감지할 수 있었다. 나는 그녀의 얼굴을 보면서 묵묵히 이어질 말을 기다렸다. 그녀의 얼굴에는 신기할 정도로 표정이 없었다. 원래 보여야 할 감정을 상대에게—다시 말해 나에게—일절 드러내지 않겠다고 마음먹은 것처럼. 그녀도 한참 잠자코 있었다. 한 일 분은 그랬을 것이다.

"보드카 김렛." 나는 침묵을 깨뜨릴 셈으로 말했다.

"뭐라고요?"

"김렛이 아니라, 보드카 김렛." 무익한 발언일지 모르지만, 그 둘에는 역시 확실한 차이가 있다.

그녀는 작고 간결하게 고개를 저었다. 눈앞을 날아다니는 시끄러운 초파리를 쫓아내기라도 하듯이.

"뭐든 상관없고, 그런 게 멋있다고 생각해요? 도회적이고, 지
적이라고 생각하느냐고요?"

아마 나는 그냥 조용히 계산하고 한시바삐 자리를 떴어야 했
으리라. 그러는 게 이런 상황에서 가장 좋은 대응이라는 걸 잘
알고 있었다. 이 여자는 모종의 이유가 있어서 나에게 시비를 거
는 것이다. 짐작건대 나를 도발하고 있다. 왜 그러는지는 모른
다. 그냥 단순히 기분이 나빴는지도 모른다. 아니면 나라는 인간
이 가진 특정 부위가 신경의 급소를 부정적으로 자극해 짜증이
났는지도 모른다. 어쨌거나 그런 사람을 상대해서 바람직한 결
과가 나올 확률은 한없이 제로에 가깝다. "실례"라고 말하고, 씩
웃으며 자리에서 일어나(웃는 건 어디까지나 선택사항이지만),
얼른 계산하고 최대한 멀리 사라진다―이것이 가장 현명한 태
도였다. 그리고 그래서는 안 될 이유라고는 아무것도 떠오르지
않았다. 나는 원래 지기 싫어하는 성격도 아니고, 대의 없는 다
툼을 바라지도 않는다. 과묵하게 퇴장하기는 오히려 자신 있는
분야다.

하지만 그때는 어째서인지 그러지 않았다. 무언가가 내가 그
러려는 것을 말렸다. 사람들은 그것을 호기심이라고 부르는지도
모른다.

"실례지만, 제가 아는 분이시던가요?" 나는 큰맘먹고 그녀에게 물었다.

여자는 실눈을 뜨고, 무슨 신기한 것이라도 보듯 내 얼굴을 바라보았다. 눈가의 주름이 약간 깊어졌다. "제가 아는 분?" 그러고는 자기 잔을 집어들고(내 기억으로는 아마 세 잔째였다), 안에 든 칵테일을—뭔지는 모르지만—한 모금 빨아들이듯 마신 다음 말했다. "제가 아는 분이시던가요? 대체 어디서 그런 말이 나오는 거야?"

한번 더 열심히 기억을 더듬어보았다. 내가 이 여자를 어디서 만난 적이 있던가? 대답은 역시 없다. 였다. 아무리 생각해도 그녀를 만난 것은 오늘이 처음이다.

"혹시 저를 다른 사람과 착각한 게 아닐까요?" 나는 말했다. 묘하게 메마르고 높낮이가 없어서 왠지 내 목소리 같지 않았다.

그녀는 냉랭하게 살짝 웃었다. "그렇게 생각하고 싶어요?" 그러고는 얇은 바카라 칵테일잔을 눈앞의 코스터에 내려놓았다.

"멋진 슈트네요." 그녀가 말했다. "당신한테는 안 어울리지만. 꼭 빌린 옷 같아요. 넥타이도 슈트와 분위기가 안 맞고. 미묘하게 서로 부딪쳐요. 넥타이는 이탈리아, 슈트는 아마 영국 쪽이겠죠."

"옷에 대해 상당히 잘 아시네요."

"옷에 대해 상당히 잘 안다?" 그녀는 조금 놀란 듯이 말하고는, 입술을 약간 벌리고 내 얼굴을 새삼 빤히 바라보았다. "그게 지금 무슨 소리예요? 당연하잖아요."

당연?

나는 알고 지내는 패션계 관계자들을 머릿속으로 훑어보았다. 패션계 쪽 지인은 몇 명 안 될뿐더러, 전부 남자였다. 아무리 생각해도 앞뒤가 맞지 않는다.

어째서 그게 당연하지?

내가 오늘밤 이렇게 슈트를 입고 넥타이를 맨 이유를 설명할까 싶기도 했지만 곧 생각을 고쳤다. 설명한들 나를 향한 그녀의 공격성이 수그러들 성싶지 않았다. 오히려 분노의 불길(같은 것)에 기름을 붓는 격이리라.

나는 잔에 조금 남아 있던 보드카 김렛을 마저 마시고 조용히 스툴에서 내려왔다. 어떻게 보나 대화를 끝낼 타이밍이었다.

"난 아마 당신이 아는 분은 아닐 거예요." 그녀가 말했다.

나는 잠자코 고개를 끄덕였다. 그렇다, 그럴 것이다.

"직접은." 그녀는 말했다. "딱 한 번 어디서 뵌 적은 있지만. 그렇다고 특별히 친밀하게 얘기를 나눈 건 아니니까, 아마 나는 당신이 아는 분은 아닐 거예요. 게다가 당신은 그때 다른 일로 무척 바빠 보였고―늘 그렇듯이."

늘 그렇듯이?

"그래도 난 당신 친구의 친구예요."라고 여자는 조용하지만 단호한 목소리로 말을 이었다. "당신과 친한 그 친구는, 아니, 한때는 친했던 친구는 지금 당신을 무척 불쾌하게 생각하고, 나도 그 여자와 마찬가지로 당신을 불쾌하게 생각해요. 짚이는 데가 있을걸요. 한번 잘 생각해봐요. 삼 년 전, 어느 물가에서 있었던 일을. 거기서 자신이 얼마나 지독한 짓을, 고약한 짓을 했는지. 부끄러운 줄 알아요."

그것이 한계였다. 몇 장만 남겨둔 책을 거의 반사적으로 집어들어 재킷 주머니에 쩔러넣었다. 나머지 부분을 읽을 생각 같은 건 일찌감치 사라진 뒤였지만.

재빨리 현금으로 계산하고 바를 나왔다. 여자는 그 이상 아무 말도 하지 않고 내가 나가는 모습을 가만히 눈으로 좇고 있었다. 나는 한 번도 돌아보지 않았지만, 문밖으로 나올 때까지 등뒤로 계속 그녀의 통렬한 한 쌍의 시선을 느꼈다. 길고 날카로운 바늘에 쩔린 듯한 그 감촉은 폴 스미스 슈트의 고급 원단을 뚫고, 내 등에 깊은 상처로 남았다.

좁은 계단을 올라 지상으로 향하면서 조금이라도 생각을 정리하려 해보았다.

그 자리에서 그녀에게 뭐라고 반론해야 했을까? "그게 대체 무슨 말이죠?"라고, 구체적인 설명을 요구해야 했을까? 그녀가 한 말은 내 입장에서는 아무리 생각해도 기억에 없는 부당한 규탄이었으니까.

하지만 어째서인지 그럴 수 없었다. 왜일까? 나는 아마 두려웠던 것이리라. 실제의 내가 아닌 내가, 삼 년 전 '어느 물가'에서, 어떤 여자—아마 내가 모르는 누군가—에게 저지른 고약한 짓의 내용이 밝혀지는 것을. 그리고 또한 내 안에 있는 나 자신이 관지關知하지 못한 무언가가, 그녀에 의해 눈에 보이는 장소로 끌려나올지도 모른다는 사실을. 그런 꼴을 당하느니 묵묵히 스툴에서 내려와, 이유 없는(이라고밖에 생각할 수 없는) 호된 비난을 달게 받으면서 자리를 뜨기를 나는 선택한 것이다.

그것은 적절한 행동이었을까? 혹시 같은 일이 다시 한번 일어난다 해도 나는 똑같이 행동할까?

그나저나 대체 '물가'가 어디란 말일까? 그 단어에는 뭔가 기묘한 울림이 있었다. 그곳은 바다일까, 호수일까, 강일까, 아니면 한층 특수한 물의 집합체일까? 삼 년 전 나는 어딘가 물이 많은 곳 근처에 있었을까? 기억이 가닿는 데는 없었다. 삼 년 전이 대체 언제를 말하는지, 그마저도 잘 파악할 수 없었다. 그녀가 내게 쏟아낸 말은 전부 구체적이면서 동시에 지극히 상징적이었다. 부분적으로 선명하지만 동시에 초점이 없었다. 그 괴리가 내 신경을 기묘한 각도에서 몰아세웠다.

어쨌든 지독히 불쾌한 어떤 감촉이 입안에 남았다. 삼키려 해도 삼킬 수 없고, 뱉으려 해도 뱉을 수 없는 무언가다. 할 수 있다면 그냥 화를 내고 싶었다. 그도 그럴 게 이렇게 터무니없는, 불쾌한 일을 당할 이유가 없으니까. 그리고 나를 향한 그녀의 처사는 아무리 생각해도 공정하다고 하기 힘들었으니까. 어쨌거나 그녀가 말을 걸어올 때까지는 제법 기분좋고 평화로운 봄날의 저녁이 아니었던가. 하지만 신기할 정도로 화는 나지 않았다. 혼란스러움과 난처함의 파도가 그 외의 감정 혹은 논리를, 적어도 일시적으로는 어딘가로 떠내려보냈다.

계단을 다 올라 건물 밖으로 나왔을 때, 계절은 더이상 봄이 아니었다. 하늘의 달도 사라졌다. 그곳은 더이상 내가 알던 원래의 거리가 아니었다. 가로수도 낯설었다. 그리고 가로수 가지마다 미끈미끈하고 굵은 뱀들이 살아 있는 장식처럼 단단히 몸을 휘감은 채 꿈틀대고 있었다. 스륵스륵 비늘 스치는 소리가 들렸다. 보도에는 새하얀 재가 복숭아뼈 높이까지 쌓여 있고, 그곳을 걷는 남녀는 누구 하나 얼굴이 없으며, 유황처럼 누런 숨을 목 안쪽부터 고스란히 내뱉고 있었다. 공기가 얼어붙은 듯 차가워서 나는 슈트 재킷의 깃을 세웠다.

"부끄러운 줄 알아요"라고 그 여자는 말했다.

지은이 **무라카미 하루키**
1979년 『바람의 노래를 들어라』로 군조신인문학상을 수상하며 네뷔했고, 1982년 『양
을 쫓는 모험』으로 노마문예신인상을, 1985년 『세계의 끝과 하드보일드 원더랜드』로
다니자키 준이치로 상을 수상했다. 『기사단장 죽이기』『1Q84』『여자 없는 남자들』
『수리부엉이는 황혼에 날아오른다』외 수많은 소설과 에세이로 전 세계 독자들의 사
랑을 받고 있다.

옮긴이 **홍은주**
이화여자대학교 불어교육학과와 같은 대학원 불어불문학과를 졸업했다. 2000년부터
일본에 거주하며 프랑스어와 일본어 번역가로 활동하고 있다. 옮긴 책으로 『수리부엉
이는 황혼에 날아오른다』『기사단장 죽이기』『고로지 할아버지의 뒷마무리』『마사&
겐』『미크로코스모스』『녹턴』등이 있다.

문학동네 세계문학
일인칭 단수

1판 1쇄 2020년 11월 26일 | 1판 4쇄 2020년 12월 18일

지은이 무라카미 하루키 | 옮긴이 홍은주 | 펴낸이 염현숙

책임편집 양수현 | 편집 황문정 오동규 이현자 김소영
디자인 최윤미 김현우 유현아 | 저작권 한문숙 김지영 이영은
마케팅 정민호 정진아 김혜연 김수현
홍보 김희숙 김상만 함유지 김현지 이소정 이미희
제작 강신은 김동욱 임현식 | 제작처 한영문화사(인쇄) 경일제책사(제본)

펴낸곳 (주)문학동네
출판등록 1993년 10월 22일 제406-2003-000045호
주소 10881 경기도 파주시 회동길 210
전자우편 editor@munhak.com | 대표전화 031) 955-8888 | 팩스 031) 955-8855
문의전화 031) 955-8896(마케팅) 031) 955-2684(편집)
문학동네카페 http://cafe.naver.com/mhdn | 트위터 @munhakdongne
북클럽문학동네 http://bookclubmunhak.com

ISBN 978-89-546-7598-7 03830

잘못된 책은 구입하신 서점에서 교환해드립니다.
기타 교환 문의 031-955-2661, 3580

www.munhak.com